四時花令

那些姹紫嫣紅的古典詩詞

花能解語，月可寄情

又將面臨幾個月的北方冬日，灰雲如絮，霧靄沉沉。這樣的日子，心情很容易像郊原裡的黃土一般冰冷枯寂。古人為破解冬日孤悶，有《九九消寒圖》一說，明代劉侗、于奕正曾在《帝京景物略》中提到：「日冬至，畫素梅一枝，為瓣八十有一。日染一瓣，瓣盡而九九出，則春深矣」。

意思是說畫梅花一枝，共八十一瓣，自冬至日起，每天染紅一瓣，這樣全染完後就過了整整八十一日，不知不覺已是冬盡春來、花開草萌之時了。

這是一種非常有趣的冬天日曆。梅可自己畫，不會畫也不打緊，當時就有刻印好梅瓣圖來售賣的，一如現下流行的十字繡。

受此啟發，我決定也蜷縮進自己的小屋，在昏黃的燈光下翻一翻故紙堆，找一找古典詩詞中的妖嬈百花。書中自有花如錦，隨心拾掇，如觀「萬美人盡臨妝鏡」，寂寥索寞，一時或忘。

百花有七情：所謂「淡雲薄日，夕陽佳月，花之曉也。狂風連雨，烈焰濃寒，花之夕也。檀唇烘目，媚體藏風，花之喜也。暈酣神斂，煙色迷離，花之愁也。欹枝困檻，如不勝風，花之夢也」。

百花有百態：牡丹雍容，富貴之態；蓮花高潔，君子之態；菊花淡雅，隱士之態；梅花凌寒，節烈之態；桃花明豔，麗人之態；海棠嫵媚，貴妃之態……又有山茶鮮妍、瑞香芬烈、玫瑰旖旎、水仙清絕……更有梨花瘦、玉簪寒、丁香愁、杏花嬌……

東坡仙曾感慨道：「有客無酒，有酒無肴，月白風清，如此良夜何？」而賞花無詩，亦不免讓人遺憾。「琴棋書畫詩酒花」，歷來稱為風雅之事，宋人汪元量曾寫道：「花似錦，酒成池。對花對酒兩相宜。水邊莫話長安事，且請卿卿吃蛤蜊。」

對花對酒，雖為賞心樂事，但有道是「茗賞者上也，談賞者次也，酒賞者下也。苦夫內酒越茶及一切庸穢凡俗之語，此花神之深惡痛斥者，寧閉口枯坐勿遭花惱可也」。所以，「酒」和「花」挨在一起，恐怕沒有「詩」和「花」靠在一起更令花神快意。「主人好事能詩」，乃是袁宏道《瓶史》的「花快意」凡十四條之一[1]。

對花能解語，對月可寄情。萬點落花俱是恨，滿杯明月即忘貧。踏不盡的是桃蹊李徑，絕不了的是惜花心性。又聞枕上鳥聲，喚起半窗紅日，來尋萬首佳句，博百花春風一笑。

註

1 花快意凡十四條：明窗，淨几，古鼎，宋硯，松濤，溪聲，主人好事能詩，門僧解烹茶，薊州人送酒，座客工畫花卉，盛開快心友臨門，手抄藝花書，夜深爐鳴，妻妾校花故實。

目次

正月 花令

迎春初放

蘭蕙芬

一、映水蘭花雨發香

蘭花，和萬紫千紅的諸多花兒相比，想必是最素淡的了。宋末詞人張炎的〈清平樂〉一詞小序中曾寫道：「蘭曰國香，為哲人出，不以色香自炫，乃得天之清者也……」

蘭花雖無牡丹的富貴張揚、桃花的嬌媚明豔，卻有著其他群芳百卉斷斷不能相比的香氣，是眾望所歸的「國香」。那股馨香幽幽不絕、如絲如縷，沁人心脾。

§ 自有幽香似德人 §

和諸多花卉相比，蘭花「成名」最早，《易經》中的句子大家都熟悉：「同心之言，其臭如蘭。」

相傳當年至聖先師孔子也曾經是屢屢面試失敗的「面霸」，他「歷聘諸侯，莫能任」。在歸家的路上見蘭花默默無聞地生長在隱僻無人的幽谷，不免也喟然嘆曰：「蘭當為王者香，今乃與眾草為伍。」這可能是當年孔子最真實的感嘆。但後來《孔子家語》中記載時，就有粉飾美化之嫌了：「芝蘭生於深谷，不以無人而不芳；君子修道立德，不為困窮而改節」。

《孔子家語》一書有爭議，有人疑為後人所作的偽書。但屈原的〈離騷〉總假不了吧，其中也說：「余既滋蘭之九畹兮，又樹蕙之百畝」，我們知道〈離騷〉中最擅長用香草美人來比喻自己的德操，蘭作為「天下第一香」哪能忽略？

電影《梅蘭芳》中大都稱梅蘭芳的字「畹華」。這「畹華」的來歷，就是從「梅蘭芳」的「蘭」字而來。說起這個「畹」字，其本意是一個古代的面積單位（一說三十畝為一畹，另說十二畝為一畹），如現在常說的頃和畝一般。但因為屈原那句「余既滋蘭之九畹兮」，這「畹」字就總和蘭花結了伴。所以梅蘭芳就取字「畹華」（「華」通「花」）。

秋瑾有〈蘭花〉一詩：

九畹齊栽品獨優，最宜簪助美人頭。一從夫子臨軒顧，羞伍凡葩鬥豔儔。

詩中就引用了上面我們所說的典故，「九畹」是屈原的典故，「夫子臨軒顧」是孔子的典故，知道這些典故，秋瑾這首詩就不難懂了。

蘭花不以媚色悅人，卻以幽香取勝。所以歷來的文人墨客提起蘭花，都是心生敬意。元代余同麓這首詩說得好：

百卉千花日夜新，此君竹下始知春。雖無豔色如嬌女，自有幽香似德人。

明代薛岡也有一首〈蘭花〉詩，和余詩的意境相似：

我愛幽蘭異眾芳，不將顏色媚春陽。西風寒露深林下，任是無人也自香。

以後我們會說到，不少花常常帶有多種意象，能「客串」多種角色，而蘭花所代表的始終就是「花中君子」的高尚情懷。「君子蘭」的大名，孰人不知？（當然嚴格地說，君子蘭和蘭花並非同一種植物）李白有詩：「為草當作蘭，為木當作松。蘭秋香風遠，松寒不改容……」

元代吳海的〈友蘭軒記〉中稱「蘭有三善」：「國香一也，幽居二也，不以無人而不芳三也。夫國香則美至矣，幽居則薪於人薄矣，不以無人而不芳則固守而存益深矣。三者君子之德具矣。」

蘭花，確是「以德服人」的花中君子。

§ 空谷佳人宜結伴 §

蘭花多生於荒僻無人的幽谷，而且容色素雅，用來比喻甘貧樂道的隱士高人實在再恰當不過了。

元代畫家陳汝言有一首詩：

蘭生深山中，馥馥吐幽香。偶為世人賞，移之置高堂。
雨露失天時，根株離本鄉。雖承愛護力，長養非其方。
冬寒霜雪零，綠葉恐雕傷。何如在林壑，時至還自芳。

這裡說，蘭花生在深山之中，雖然寒苦，卻也自由自在，一旦為人「欣賞」，移栽高堂華廈之下，根株離開適宜她生長的土壤，再也得不到自然界中雨露的滋潤，雖稱為愛護，實際上卻是殘害。哪裡比得上讓她自由自在地生長在林壑之間呢？

當我們知道陳汝言的遭遇後，會對此詩有更多一層理解，據《明畫錄》（清．徐沁撰）記載：「陳汝言風流倜儻，有謀略，張士誠據蘇州嘗參與軍事，明洪武初官濟南經歷，後因坐事被殺，臨刑猶

從容染翰，人謂之畫解。」

看來，陳汝言也是暴虐成性的朱元璋刀下的冤鬼，而他臨刑前還從容作畫，大有嵇康臨終彈〈廣陵散〉之風度。可惜，他的本意是想做一株遠離紅塵的幽蘭，但天地之大，竟無他容身之處，到頭來還是逃不過屠刀加身。實在是可悲可嘆！

蘭花獨處山間林下，用杜甫的「絕代有佳人，幽居在空谷」一詩來形容也是相當恰當。所以蘭花又有「空谷佳人」這樣的稱號。南宋詞人向子諲有一首〈浣溪沙．寶林山間見蘭〉：

綠玉叢中紫玉條，幽花疏淡更香饒。不將朱粉汙高標。
空谷佳人宜結伴，貴游公子不能招。小窗相對誦離騷。

清高的蘭花，其品格是「空谷佳人宜結伴，貴游公子不能招」，而牡丹花的性情卻是「能狂綺陌千金子，也惑朱門萬戶侯。」（唐．徐夤〈牡丹花〉）

南宋遺風張炎有首詞，道盡了蘭花「空谷佳人」的氣質，也融進了自己對故國的無盡思念：

國香．賦蘭

空谷幽人，曳冰簪霧帶，古色生春。結根未同蕭艾，獨抱孤貞。自分生涯淡薄，隱蓬蒿、甘老生林。風煙伴憔悴，冷落吳宮，草暗花深。

霽痕消蕙尋，向崖陰飲露，應是知心。所思何處，愁滿楚水湘雲。肯信遺芳千古，尚依依、澤畔行吟。香痕已成夢，短操誰彈，月冷瑤琴。

晚明畫家孫克弘筆下的蘭花，專學南宋鄭所南（思肖）。他也有〈蘭花〉詩道：「空谷有佳人，倏然抱幽獨。東風時拂之，香芬遠彌馥」，詩雖然算不得最上乘，但也點出了蘭花「空谷佳人」的特質。

§ 著意聞時不肯香，香在無心處 §

明代詩人李日華〈蘭花二首〉中的這一首詩，把蘭香的特色寫得細膩入微：

懊恨幽蘭強主張，花開不與我商量。鼻端觸著成消受，著意尋香又不香。

蘭花有這樣一個特點，她的香氣縹緲清幽，把一盆蘭花放在室裡，清香時有時無，時隱時現，時濃時淡，時遠時近。北宋詞人曹組有一首詞：

卜算子．蘭

松竹翠蘿寒，遲日江山暮。幽徑無人獨自芳，此恨憑誰訴。
似共梅花語，尚有尋芳侶。著意聞時不肯香，香在無心處。

曹組在北宋當年可是知名度極高的才子，他深受宋徽宗寵幸，曾奉詔作〈艮嶽百詠〉等詩。然而，宋徽宗是亡國之君，後人因曹組整天陪著徽宗吟風弄月，覺得亡國的責任他也脫不了干係，所以連帶著把他的詞也罵作「側豔」「下俚」。

其實，曹組這首詞寫得還算不錯，尤其是最後這兩句「著意聞時不肯香，香在無心處」，寫出了蘭花香氣的特點。這正反映了古代對君子隱士們的審美標準：「故君子之接如水，小人之接如醴；君子淡以成，小人甘以壞。」（《禮記．表記》）古人推崇的君子高士，往往是不張揚，不狂傲，不盛氣淩人，不乖戾霸道。正所謂：「謙謙君子，有如溫玉。」大家聽古琴樂，往往也是一派平淡謙和、清幽雅致之氣。

蘭花的香不霸氣，不招搖，正如一個溫文爾雅的良友，與之相處，有如沐春風之感，如果你不仔細的話，甚至會忘了她的存在，正如佘同麓〈詠蘭〉中第一首詩所說：

手培蘭蕊兩三栽，日暖風和次第開。坐久不知香在室，推窗時有蝶飛來。

「坐久不知香在室」，雖然我們似乎忘了蘭香的存在，但是在不知不覺中，我們的身心卻都沾染了蘭花的香氣。古人說得好：「與善人居，如入芝蘭之室，久而不聞其香；與惡人居，如入鮑魚之肆，久而不聞其臭」[2]，蘭花正是這樣潤物細無聲地薰陶著我們的情操。

§ 蘭草堪同隱者心 §

歷代持身高潔的君子，都愛蘭詠蘭，留下了不少詩篇。他們喜歡蘭花，不免都帶有一種同病相憐的情調。唐代詩人陳子昂性情耿直不阿，因此受人陷害下獄，他有一首詩寫蘭，〈感遇三十八首〉其二：

蘭若生春夏，芊蔚何青青！幽獨空林色，朱蕤冒紫莖。
遲遲白日晚，裊裊秋風生。歲華盡搖落，芳意竟何成！

張九齡是唐代開元時的賢相，後來卻受到排擠，於是他在〈感遇十二首〉其一中同樣借蘭花抒發了孤芳自賞、睥睨俗士的情懷：

蘭葉春葳蕤，桂華秋皎潔。欣欣此生意，自爾為佳節。

誰知林棲者，聞風坐相悅。草木有本心，何求美人折？

許多詩人筆下都寫過蘭，王勃道：「山中蘭葉徑，城外李桃園。豈知人事靜，不覺鳥啼喧」；李白也說：「孤蘭生幽園，眾草共蕪沒。雖照陽春暉，復悲高秋月。飛霜早淅瀝，綠豔恐休歇。若無清風吹，香氣為誰發」；杜牧說：「蘭溪春盡碧泱泱，映水蘭花雨發香」；劉商說：「田園失計全蕪沒，何處春風種蕙蘭」……

詩鬼李賀雖然沒有專寫蘭花的詩，但他的「一心愁謝如枯蘭」和「衰蘭送客咸陽道」兩句詩中無奈凋萎的蘭草意象，深深打動著千百年來的失意之人。

蘭花的詩詞不可盡數，喜歡蘭花的詩人也不可勝數，此處擇幾個歷史上和蘭花緣深情濃的人來說說吧：

南宋遺民鄭所南酷愛蘭花，他畫蘭時從不畫泥土，稱為「露根蘭」，原因是：「土為番人奪去」，

以此寄託他對故宋的哀思。後來明末遺民石濤也有詩：「根已離塵何可詩，以詩相贈寂寥之」，正是學鄭所南而來。

元代書畫家倪雲林曾在鄭所南的〈墨蘭圖〉上題詩云：

秋風蘭蕙化為茅，南國淒涼氣已消。只有所南心不改，淚泉和墨寫離騷。

鄭所南傳世的畫作僅有墨蘭兩幅，其中一幅墨蘭圖，上有一株一花，墨色淡雅，葉片細長瘦韌，表現出一種冷清絕俗之風韻，題詩道：「一國之香，一國之殤，懷彼懷王，於楚有光。」思念故國之情，躍然紙上。另一幅墨蘭圖，用極簡淡的筆墨撇出一花數葉，畫上題詩：「向來俯首問羲皇，汝是何人到此鄉，未有畫前開鼻孔，滿天浮動古馨香。」落款為「丙午正月十五日作此壹卷」，鈐以「求則不得不求或與，老眼空闊清風今古」之章。

落款時只題丙午干支而不寫元代年號（是時為元大德十年），這表明了他與元朝勢不兩立的堅決態度。這時宋亡已有二十六年，鄭所南已是六十五歲的老人，但他的愛國之心，正如圖上的幽蘭，馨香終不改。

幾百年後，到了清代，世上又有了一個姓鄭的愛蘭之人。他就是揚州八怪之首鄭板橋。鄭板橋性格古怪剛強，最喜畫幽蘭、修竹、怪石，自稱「四時不謝之蘭，百節長青之竹，萬古不敗之石，千秋不變之人」。鄭板橋畫蘭，當真是出神入化，蔣士銓曾贊道：「板橋作畫如寫蘭，波磔奇古形翩翩。板橋寫蘭如作字，秀葉疏花是姿致。」

鄭板橋所題的蘭花詩不少，我們擇幾首好的欣賞一下：

高山幽蘭

千古幽貞是此花，不求聞達只煙霞。采樵或恐通來路，更取高山一片遮。

幽蘭

轉過青山又一山，幽蘭藏躲路回環。眾香國裡誰能到，容我書呆屋半間。

蘭

世間盆盎空栽植，唯有青山是我家。畫入懸崖孤絕處，蘭花竹葉兩相遮。

山蘭

山上山下都是蘭，香芬馥郁是一般。可恨世人薄倖眼，只因高低兩樣看。

幽蘭

昨日尋春出禁關，家家桃柳卻無蘭。市廛不是高人住，欲訪幽蹤定在山。

蘭

春風昨夜入山來，吹得芳蘭處處開。唯有竹為君子伴，更無他卉可同栽。

蘭花與竹本相關，總在青山綠水間。霜雪不凋春不豔，笑人紅紫作客頑。

蜂蝶有路依稀到，雲霧無門不可通。便是東風難著力，自然香在有無中。

題蘭

味自清閒氣自芳，如何淪落暗神傷。遊人莫謂飄零甚，轉眼春風滿谷香。

鄭板橋這些蘭花詩，和他的字、畫、印組合在一起，形成不朽的藝術傑作，令世人讚賞不已。

才女中也有不少愛蘭之人，最著名的當是明末清初的秦淮八豔之一馬湘蘭了。馬湘蘭本名馬守真，因畫得一手好蘭花，又是湖南人，所以號「湘蘭」。她的居處名「幽蘭館」，門前車馬始終不斷，有人稱「凡遊閒子遝拖少年，走馬章台街者，以不識馬姬為辱」。

馬湘蘭筆下的蘭花，相當出色，揚州八怪之一羅聘之妻方婉儀有詩〈題馬守貞雙鉤蘭花卷〉：「楚畹幽蘭冠從芳，雙鉤畫法異尋常。國香流落空留賞，太息金陵馬四娘。」馬湘蘭所畫的〈墨蘭圖〉上有這樣兩首詩，我覺得也非常出色：

何處風來氣似蘭，簾前小立耐春寒；囊空難向街頭買，自寫幽香紙上看。

偶然拈筆寫幽姿，付與何人解護持？一到移根須自惜，出山難比在山時。

§ 留得許多清影，幽香不到人間 §

古人曾有愛蘭成癡之人，甚至不只愛蘭花，就連蘭葉也如醉如癡般地反覆賞玩，清代劉灝有詩說：「泣露光偏亂，含風影自斜。俗人那解此，看葉勝看花。」

明人李流芳曾寫下這樣一段文字：

盆蘭正開，出以共賞，子薪故有花癖，燒燭照之，嘖嘖不已。花雖數莖，然參差掩映，變態頗具。其葩或黃或紫，或碧或素，其狀或合或吐，或離或合，或高或下，或正或欹，或俯而如瞰，

或仰而如承，或平而如揖，或斜而如睨，或來而如就，或往而如奔，或相顧而如笑，或相背而如嗔，或掩仰而如羞，或偃蹇而如傲，或挺而如莊，或倚而如困，或群向而如語，或獨立而如思。蓋子薪為余言如此，非有詩腸畫筆者，不能作此形容也。余既以病，不能作一詩記之；欲作數筆寫生，而亦復不果。然是夜，與子薪對花劇談甚歡，胸中落落一無所有，伏枕便酣睡至曉。從此病頓減。此花與愛花人皆我良藥，不可忘也。

我們看李流芳的朋友張子薪愛蘭成癖，晚上點了蠟燭看蘭，旁人看來簡簡單單的幾莖葉子，讓他一說，那不但是有「高」有「下」、有「正」有「欹」、有「平」有「斜」，甚至能聯想出「如笑」「如嗔」「如羞」等諸多情態來，當真是太有才了！而李流芳和他面對蘭花，談得高興，竟然病都好了大半，愛蘭至此，可謂癡絕矣。

明人張羽〈蘭花〉詩云：「能白更兼黃，無人亦自芳。寸心原不大，容得許多香。」確實，蘭花雖小，卻幾乎沒有人不喜歡她。鄭板橋那一聯「室雅何須大，花香不在多」，我想肯定也說的是蘭花。

然而，蘭花詩是不少，但是卻沒有一首像「桃花依舊笑春風」「菊花須插滿頭歸」那樣耳熟能詳、家喻戶曉的。難道是蘭花太像德人，而世上人誠如孔子所嘆「未見好德如好色者」也？

也許正像張炎這首〈清平樂〉中所寫的那樣，蘭花始終和我們有著距離，她不想太靠近紅塵的喧囂：

孤花一葉，比似前時別。煙水茫茫無處說，冷卻西湖殘月。
貞芳只合深山，紅塵了不相關。留得許多清影，幽香不到人間。

註

2 出自漢．王肅《孔子家語》。

二、迎得春來

非自足

迎春花又名金梅、金腰帶、小黃花，她與梅花、水仙和山茶花統稱為「雪中四友」。

生長在北地的花朵中，最先報春的並非梅花。雖有毛澤東的詞誇梅花「俏也不爭春，只把春來報，待到山花爛漫時，她在叢中笑」，然而，迎春花最不畏寒，她不妖不豔，卻開在梅花之先。她的花期也很長，有兩三個月，春花齊放時，她也相伴叢中。所以這幾句詩，轉贈給迎春花，也很恰當。

我到現在都清楚地記得，大學校園裡種了幾株迎春花。早春料峭的寒風中，草木還是一片枯黃，沒有半點春的氣息。但無意間，卻發覺牆角的迎春花已綻出一串串金黃色的花朵，給盼春的人心中添了許多欣喜。

讓百花生畏的冷漠寒冬，迎春花來宣告它即將遠去。

§ 莫作蔓菁花眼看 §

然而，很多人卻不大看重迎春花。宋人劉敞有詩道：「黃花翠蔓無人顧，浪得迎春世上名」，意思是說人們並不在意迎春花的存在，迎春花徒有虛名罷了。

又有人稱迎春花為「僭」客，「僭」是什麼意思呢？古人把超越本分的事情叫作「僭」，比如你不夠坐八抬大轎的品級卻也找八個人抬，人家皇帝才能坐龍椅，你卻弄了一把坐著，這都是「僭越」之罪。稱迎春花為「僭」客的人，無非是不滿意迎春早於百花而放，因為迎春花太土氣，卻搶先開放，有點不懂得自己的身分是幾斤幾兩。

然而，這是一小部分人的看法，大多數詩人還是挺喜歡迎春花的。白居易就有這樣兩首贊迎春花的詩：

代迎春花招劉郎中

幸與松筠相近栽，不隨桃李一時開。杏園豈敢妨君去，未有花時且看來。

玩迎春花贈楊郎中

金英翠萼帶春寒，黃色花中有幾般。憑君與向遊人道，莫作蔓菁花眼看。

這裡白居易稱讚迎春花「不隨桃李一時開」，並說「杏園」這樣的皇家園林，也不敢不讓迎春花入住，因為初春無花之時，也只有迎春花可看。和前面劉敞所說的「黃花翠蔓無人顧」不同，白居易勸人們「莫作蔓菁花眼看」，所謂「蔓菁」，就是大頭菜之類，冬天我們把一棵白菜疙瘩養在水裡，有時也能開出小黃花來。這裡說，大家切莫將迎春花作菜疙瘩看待。

迎春花也有人奉之為寶貝，明代王世懋在《學圃雜疏．花疏》中曾記曰：「迎春花雖草木，最先點綴春色，亦不可廢。余得一盆景，結屈老幹天然。得之嘉定唐少谷，人以為寶。」

§ 帶雪沖寒折嫩黃 §

迎春花枝條纖細蔓長，可達三四尺，如柳枝一般婀娜多姿，初春開花時，尚無片葉，一朵朵鵝黃色的小花，綴滿整條枝身。因此古人又贈給迎春花一個別號「金腰帶」。

清代葉申薌〈迎春樂．迎春〉詞中曾寫道：

春光九十花如海。冠群芳，梅為帥。斯花品列番風外，偏迎得，春來賽。
未有花時春易買，笑還占、中央色在。誰與賜嘉名，爭說道、金腰帶。

這裡說群芳之中應該以梅為首，但迎春花籍籍無名，卻早早迎來春光。後面又點出迎春的這個別名「金腰帶」。

「誰與賜嘉名」？民間傳說，西施用美人計滅了吳國後，與范蠡泛舟五湖，恰逢迎春花盛開之時，范蠡親昵地折下一枝圍在西施腰間，並贊為「金腰帶」。從此，「金腰帶」就成為迎春花的別稱了。當然這只是傳說。

不過，後世人的眼中，這「金腰帶」更多是象徵官宦們身上的玉袍金帶。像身為趙宋宗室的南宋詞人趙師俠有〈清平樂〉一詞，單寫迎春花，並注明「一名金腰帶」：

纖穠嬌小。也解爭春早。占得中央顏色好。裝點枝枝新巧。
東皇初到江城。殷勤先去迎春。乞與黃金腰帶，壓持紅紫紛紛。

「乞與黃金腰帶，壓持紅紫紛紛」，這兩句將迎春花寫得很威風，夠揚眉吐氣的。

然而，在古代文人的筆下，還是常忽略迎春花。他們更關注牡丹芍藥、桃杏菊梅之類，而小小的迎春花，並未能入眼。有人曾由迎春花聯想到《紅樓夢》中的迎春，說迎春姑娘也像迎春花一樣，從來沒有得到別人的重視，詩會什麼的有時並不請她，上上下下多不把她放在眼中，這倒也有幾分相像。

不過，還是有幾篇寫迎春花的詩值得我們欣賞：

迎春花．宋．董嗣杲

破寒乘暖迓東皇，簇定剛條爛熳黃。野豔飄搖金譽嫩，露叢勾引蜜蜂狂。
萬千花事從頭起，九十韶光有底忙。歲歲陽和先占取，等閒排日趲群芳。

迎春花．宋．劉敞

沉沉華省鎖紅塵，忽地花枝覺歲新。為問名園最深處，不知迎得幾多春。

宋代韓琦曾鎮守西陲，威名頗盛，人道「軍中有一韓，西賊聞之心膽寒」，他的詩確是氣勢不凡：

覆闌纖弱綠條長，帶雪沖寒折嫩黃。迎得春來非自足，百花千卉共芬芳。

「迎得春來非自足，百花千卉共芬芳」，將迎春花甘守平凡、默默奉獻的精神寫得淋漓盡致。

清代文人李漁在《閒情偶寄》中，對於百花和天地靈氣之間的關係曾有過非常精彩的論述，他說：

合一歲所開之花，可作天工一部全稿。梅花、水仙，試筆之文也，其氣雖雄，其機尚澀，故花不甚大，而色亦不甚濃。開至桃、李、棠、杏等花，則文心怒發，興致淋漓，似有不可阻遏之勢矣；然其花之大猶未甚，濃猶未至者，以其思路紛馳而不聚，筆機過縱而難收，其勢之不可阻遏者，橫肆也，非純熟也。迨牡丹、芍藥一開，則文心筆致俱臻化境，收橫肆而歸純熟，舒蓄積而罄光華，造物於此，可謂使才務盡，不留絲髮之餘矣。

這段話大意是說：一年中所開的花，正像上天所寫的一部文章一樣，梅花、水仙是試筆文字，氣雖雄健，卻筆法生澀，所以梅花、水仙的花都不是很大，顏色也不是很濃。開到桃花、李花之類，就「文心怒發，興致淋漓」了，但這時花還不夠大，色還不夠濃，因為這時候思維太紛亂，筆力太過縱，還沒有達到最上乘的純熟境界。等到牡丹、芍藥開時，這時的文章功力才達到最高境界。

由此而論，那迎春花就像是起稿的第一句了，這不由得讓我想起《紅樓夢》中唯一出於鳳姐之口的那句詩：「一夜北風緊」。書中借眾人之口，評道：「這句雖粗，不見底下的，這正是會作詩的起法。不但好，而且留了多少地步與後人。」

迎春花亦是如此，「迎得春來非自足」，不矜不驕，留了多少地步與後人。

二月 花令

桃始夭

杏花出

梨花溶

三、桃花

依舊笑春風

溫風如酒，春光燦爛的季節終於來了，這時桃花是當仁不讓的主角。蘇軾有詩：「竹外桃花三兩枝，春江水暖鴨先知」，濃濃的春意，桃花應該更早些時候知道吧。

唐代吳融有詩「滿樹如嬌爛漫紅，萬枝丹彩灼春融」，白居易的堂弟白敏中也道：「千朵濃芳綺樹斜，一枝枝綴亂雲霞。憑君莫厭臨風看，占斷春光是此花。」詩詞中只要出現桃花字樣的，無一不是春意融融。

§ 桃之夭夭，灼灼其華 —— 春意融融的桃花 §

豔麗的桃花彷彿就是春天的象徵，農曆二月叫桃月，春雨叫桃雨、桃花雨。唐代戴叔倫有詩〈蘭溪棹歌〉：「蘭溪三日桃花雨，半夜鯉魚來上灘」，就是指春雨中的桃花。白居易曾有〈題大林寺桃花〉一詩：「人間四月芳菲盡，山寺桃花始盛開。常恨春歸無覓處，不知轉入此中來」。見到了桃花，就彷彿追到了春天。

詩經．周南．桃夭

桃之夭夭，灼灼其華，之子于歸，宜其室家。
桃之夭夭，有蕡其實，之子于歸，宜其家室。
桃之夭夭，其葉蓁蓁，之子于歸，宜其家人。

這是一首慶新婚的詩。詩中用美豔的桃花來形容新娘子，又用將來會結實累累的桃樹來預祝新娘子多生貴子。

桃花燦爛、桃實累累、桃葉青蔥，洋溢著一派生機，滿堂喜氣，用以祝賀新婚實在是再恰當不過了。阿牛的《桃花朵朵開》這首歌，則像是繼承了《詩經》中意境：「暖暖的春風迎面吹，桃花朵朵開……枝頭鳥兒成雙對，情人心花兒開……」

「桃花」，似乎和男女情愛有著不解之緣，男女間的豔遇往往稱之為「桃花運」，有關男女之事的緋聞叫「桃色新聞」，特別能勾人魂的眼名為「桃花眼」……

桃花，往往伴隨著一個個美麗的愛情故事。其中，最著名的當屬「人面桃花」的故事，它來源於唐代詩人崔護所寫的一首詩〈題都城南莊〉：

去年今日此門中，人面桃花相映紅。人面不知何處去，桃花依舊笑春風。

崔護和桃花樹下女子的愛情故事，大家都耳熟能詳。然而，千百年後，我們讀到此詩，那個桃樹下凝睇含笑、脈脈含情的少女，卻如同親見，桃花樹下那段如灩灩春光一樣的美好愛情，依然讓我們憧憬嚮往。

唐太宗的妻子長孫皇后有一首詩，名為〈春遊曲〉：

上苑桃花朝日明，蘭閨豔妾動春情。井上新桃偷面色，簷邊嫩柳學身輕。花中來去看舞蝶，樹上長短聽啼鶯。林下何須遠借問，出眾風流舊有名。

這首詩出現了兩次桃花的影像，長孫皇后可不像後世的女子那樣羞答答的，而是大膽地說：「蘭閨豔妾動春情」，那燦爛明媚的桃花，正代表了盛唐女子的青春活力。

此後的詩詞文賦中，一提到「桃花臉」「桃花面」，都不覺讓人記起愛情的故事，不過後世的許多文字中，不免都掛上了傷感的色彩。晚唐擅寫閨情詩的韓偓，曾在〈復偶見三絕〉第二首中這樣寫道：

桃花臉薄難藏淚，柳葉眉長易覺愁。密跡未成當面笑，幾回抬眼又低頭。

這名女子因為種種原因，不得和有情人成為眷屬。她現在默默地望著這個她深愛的男人，心中悲欣交集，卻不敢脫露形跡，此時此刻，情何以堪！韓偓還有一首名為〈新秋〉的詩：「一夜清風動扇愁，背時容色入新秋。桃花臉裡汪汪淚，忍到更深枕上流。」我認為這兩首詩中都用「桃花臉」來形容的女子，應該是同一人，她或許正是韓偓念念不忘的情人。

同是晚唐詩人的韋莊，相傳其愛姬為蜀主王建所奪，他刻骨的思念化作這首夢中的小詞〈女冠子〉：

昨夜夜半，枕上分明夢見。語多時。依舊桃花面，頻低柳葉眉。

半羞還半喜，欲去又依依。覺來知是夢，不勝悲。

直到現代，張愛玲有一篇名為〈愛〉的散文，其中寫了村莊裡的女孩子，一個春天的晚上，她手扶著桃樹，和一個男子打招呼：「你也在這裡嗎？」然而，他們的故事從此沒了下文，後來女孩子被拐賣到他鄉外縣，幾次三番地轉賣，經過無數的驚險和風波，但老了的時候她還記得，那個春天的晚上，那棵桃樹下，那個年輕男子。

桃花，一直都代表著那美好易逝的愛情。正所謂：「山桃紅花滿上頭，蜀江春水拍山流。花紅易衰似郎意，水流無限似儂愁。」（唐．劉禹錫〈竹枝詞〉）

古來多少癡情人都傷嘆：桃花落，閒池閣，山盟雖在，錦書難托。（宋．陸游〈釵頭鳳〉）

§ 桃花庵裡桃花仙——桃花的仙隱情結 §

桃花代表的意象，不單單是青春妙齡的女子，芬芳甜蜜的愛情。由於有陶淵明的〈桃花源記〉一文，桃花也代表著隱逸和超脫的氣質。

〈桃花源記〉一文大家都非常熟悉，王維有詩：「采菱渡頭風急，策杖林西日斜。杏樹壇邊漁父，桃花源裡人家」，就堪稱「詩中有畫」，道出了隱者之居的剪影。王維還有一首長詩〈桃源行〉，幾乎將〈桃花源記〉複述了一遍：

漁舟逐水愛山春，兩岸桃花夾去津。坐看紅樹不知遠，行盡青溪不見人。
山口潛行始隈隩，山開曠望旋平陸。遙看一處攢雲樹，近入千家散花竹。
樵客初傳漢姓名，居人未改秦衣服。居人共住武陵源，還從物外起田園。
月明松下房櫳靜，日出雲中雞犬喧。驚聞俗客爭來集，競引還家問都邑。
平明閭巷掃花開，薄暮漁樵乘水入。初因避地去人間，及至成仙遂不還。
峽裡誰知有人事，世中遙望空雲山。不疑靈境難聞見，塵心未盡思鄉縣。
出洞無論隔山水，辭家終擬長遊衍。自謂經過舊不迷，安知峰壑今來變。
當時只記入山深，青溪幾曲到雲林。春來遍是桃花水，不辨仙源何處尋。

詩中開頭和結尾都提到了桃花，前後呼應，文勢活躍多姿，情韻悠長。唐宋時人寫〈桃源行〉的相當多，像劉禹錫、韓愈、王安石等都寫過，不過清代名士王士慎就評道：「唐宋以來，作〈桃源行〉最佳者，王摩詰（維）、韓退之（愈）、王介甫（安石）三篇。觀退之、介甫二詩，筆力意思甚可喜。及讀摩詰詩，多少自在；二公便如努力挽強（拉硬弓），不免面紅耳熱，此盛唐所以高不可及」。

其實我覺得，也未必什麼事都抬出「盛唐」來說道，王維這首詩確實寫得最好，但我覺得更重要的原因是王維本身就是隱士風度，擁有恬靜安閒的性格。而韓愈、王安石二位，一個是「木強人」、一個是「拗相公」，用現在的話來說，都是脾氣火爆，不撞南牆不回頭的「強筋頭」，他們寫與世

無爭的〈桃源行〉，自然是油水難融。

在張旭的「桃花盡日隨流水，洞在清溪何處邊」、李白的「犬吠水聲中，桃花帶雨濃」、劉禹錫的「桃花滿溪水似鏡，塵心如垢洗不去」、謝枋得的「尋得桃源好避秦，桃紅又見一年春」等詩句中，桃花都代表著那清幽神秘的世外仙境。不求功名、隱跡煙波之上的隱士張志和，他筆下的〈漁歌子〉也是：「桃花流水鱖魚肥」，一副逍遙世外的風姿。

屢受挫折、心灰意冷後的唐伯虎，曾自號「六如居士」，在蘇州桃花塢種滿了桃花，他有一首著名的〈桃花庵歌〉：

桃花塢裡桃花庵，桃花庵裡桃花仙；桃花仙人種桃樹，又摘桃花換酒錢。
酒醒只在花前坐，酒醉還來花下眠；半醒半醉日復日，花落花開年復年。
但願老死花酒間，不願鞠躬車馬前；車塵馬足富者趣，酒盞花枝貧者緣。
若將富貴比貧者，一在平地一在天；若將貧賤比車馬，你得驅馳我得閒。
別人笑我太瘋癲，我笑他人看不穿；不見五陵豪傑墓，無花無酒鋤作田。

唐伯虎雖有江南第一風流才子之稱，但〈桃花庵歌〉中的「桃花」，卻不是桃花運，此中情趣，應該是抒發隱者之情。

金庸先生在其小說中，塑造了桃花島主黃藥師這一形象，比起其他三大高手來，黃藥師更加特立獨行、蕭然出塵。這桃花島上，桃花遍地，落英繽紛。有道是：「桃花影落飛神劍，碧海潮生按玉簫」，極好地烘托了東邪黃藥師那絕世高人的身分。

桃花不單有隱的意象，而且還沾著「仙道」的氣息。相傳漢代，有劉晨、阮肇二人去天姥山採藥，結果遇到二位仙女留住與之結為夫妻。過了十天，劉、阮要求回鄉（你說這倆傻瓜回去做啥？元稹就曾大惑不解，有詩道：芙蓉脂肉綠雲鬟，罨畫樓臺青黛山。千樹桃花萬年藥，不知何事憶人間），仙女們苦苦挽留半年後終於允許他們回去，然而人世已是滄桑巨變，幾百年過去了，只找到二人的第七世孫。想回去再找仙女吧，卻再也無路可通，只留下感慨無限。

晚唐詩人曹唐最喜歡寫遊仙詩，有詩名〈劉阮再到天臺不復見仙子〉，就是寫此事：

再到天臺訪玉真，青苔白石已成塵。笙歌冥寞閒深洞，雲鶴蕭條絕舊鄰。
草樹總非前度色，煙霞不似昔年春。桃花流水依然在，不見當時勸酒人。

相傳仙人呂洞賓有詩道：「曾隨劉阮醉桃源，未省人間欠酒錢。」初唐時上官婉兒召的那些宮廷詩人，曾有一組〈桃花行〉詩，其中就引了上述的典故，講的大多是桃花的「仙味」：

雜曲歌辭．桃花行．李嶠

歲去無言忽憔悴，時來含笑吐氛氳。不能擁路迷仙客，故欲開蹊侍聖君。

雜曲歌辭．桃花行．李乂

綺萼成蹊遍籞芳，紅英撲地滿筵香。莫將秋宴傳王母，來比春華壽聖皇。

雜曲歌辭．桃花行．徐彥伯

源水叢花無數開，丹跗紅萼間青梅。從今結子三千歲，預喜仙遊復摘來。

雜曲歌辭．桃花行．蘇頲

桃花灼灼有光輝，無數成蹊點更飛。為見芳林含笑待，遂同溫樹不言歸。

雜曲歌辭．桃花行．趙彥昭

紅萼競妍春苑曙，粉茸新向御筵開。長年願奉西王宴，近侍慚無東朔才。

這一夥人都是宮廷御用詩人，寫詩就是為了點綴昇平，當然強調桃花的「仙氣」，像什麼「王母」

「聖皇」「三千歲」「東方朔」之類的紛紛上場。不過話說回來，桃花桃樹還真和仙道挺有關係的，本書後面會說到，蓮花和佛家的關係極為密切，和道家也有些關聯，但桃主要就是和道家有關。捉鬼畫符的道士們用的都是桃木劍，《封神演義》中寫雲中子懸了一把桃木劍，讓得道千年的九尾妖狐妲己怕得不行，在民間，桃木一直是辟邪的重要法器。

神話中西王母有一個「蟠桃園」，李賀有詩：「王母桃花千遍紅，彭祖巫咸幾回死。」這王母娘娘的桃花，可是三千年一開花，三千年一結果的，「千遍紅」，那可是要過上三百萬年，足以回到地質時代中的新生代的第三紀。

曹唐的〈小遊仙詩九十八首〉道：「海上桃花千樹開，麻姑一去不知來。遼東老鶴應慵惰，教探桑田便不回。」此處的桃花，穿越了千萬年的滄桑，令人神往。

§　桃花亂落如紅雨——紅顏薄命的感傷　§

桃花容色嬌美，猶如紅顏女子。唐太宗寵愛的賢妃徐惠有詩名〈賦得北方有佳人〉：「由來稱獨立，本自號傾城。柳葉眉間發，桃花臉上生……」；晚唐詩人李群玉誇一個歌姬酥胸媚眼：「胸前瑞雪燈斜照，眼底桃花酒半醺」；晚明名妓柳如是說的更絕妙：「垂楊小院繡簾東，鶯閣殘枝蝶趁風。最是西泠寒食路，桃花得氣美人中。」人家都說桃花為美人增色，柳大美人卻不這樣看，她說：哼，桃花是因為我這樣的美人而有了生氣。

初看覺得柳美人未必過於傲氣，但仔細一琢磨，說得也對，要是桃花樹下站的不是美人，而是《笑傲江湖》中的桃谷六仙，呵呵，這「人面桃花相映紅」的意境哪裡還有？

然而，自古紅顏多薄命，桃花也禁不起風吹雨打。正如李漁《閒情偶寄》中所說：「噫，色之極媚者莫過於桃，而壽之極短者亦莫過於桃，『紅顏薄命』之說，單為此種……然勿明言，至生涕泣。」

李漁說，百花中顏色最媚者就是桃花了，而花期最短的也是桃花，「紅顏薄命」之說，似乎就是專說桃花的，然而還是不要說明白，說明白就太傷人心了。

晚唐周樸有詩：「桃花春色暖先開，明媚誰人不看來。可惜狂風吹落後，殷紅片片點莓苔。」唐代薄命才子劉希夷有一首很感傷的詩：

洛陽城東桃李花，飛來飛去落誰家？洛陽女兒惜顏色，行逢落花長嘆息。

今年落花顏色改，明年花開復誰在？已見松柏摧為薪，更聞桑田變成海。

古人無復洛城東，今人還對落花風。年年歲歲花相似，歲歲年年人不同……

桃花，雖然鮮豔，但卻匆匆而開，匆匆而落，落時的那一片片紅，令人感傷無限，正是：「惜春長怕花開早，何況落紅無數！」（宋．辛棄疾〈摸魚兒〉）

《紅樓夢》中林黛玉所葬的正是那匆匆飄落的桃花。除了〈葬花吟〉外，林黛玉還有一首詩〈桃花行〉，專寫桃花：

桃花簾外東風軟，桃花簾內晨妝懶。簾外桃花簾內人，人與桃花隔不遠。
東風有意揭簾櫳，花欲窺人簾不卷。桃花簾外開仍舊，簾中人比桃花瘦。
花解憐人花亦愁，隔簾消息風吹透。風透簾櫳花滿庭，庭前春色倍傷情。
閒苔院落門空掩，斜日欄杆人自憑。憑欄人向東風泣，茜裙偷傍桃花立。
桃花桃葉亂紛紛，花綻新紅葉凝碧。霧裹煙封一萬株，烘樓照壁紅模糊。
天機燒破鴛鴦錦，春酣欲醒移珊枕。侍女金盆進水來，香泉影蘸胭脂冷！
胭脂鮮豔何相類，花之顏色人之淚。若將人淚比桃花，淚自長流花自媚。
淚眼觀花淚易乾，淚乾春盡花憔悴。憔悴花遮憔悴人，花飛人倦易黃昏。
一聲杜宇春歸盡，寂寞簾櫳空月痕！

書中寫寶玉看到此詩的感受是：「寶玉看了，並不稱贊，卻滾下淚來，便知出自黛玉。」確實，「明媚鮮豔能幾時，一朝飄泊難尋覓」[3]的桃花，正是薄命紅顏的寫照，詩雖然寫得好，但寶玉聯想到這些，又怎麼還有心情說出「贊詞」來。

「胭脂鮮豔何相類，花之顏色人之淚」。在《桃花扇》一劇中，李香君濺到扇子上的斑斑鮮血，被點染成了一朵朵桃花花瓣，更為怵目驚心，令人惋嘆：

春風上巳天，桃瓣輕如翦，正飛綿作雪，落紅成霞。不免取開畫扇，對著桃花賞玩一番。濺血點作桃花扇，比著枝頭分外鮮。

這是《桃花扇》中的唱詞，這裡的桃花已不全是柔媚可憐的形象，而是體現出一種如傲雪紅梅般的剛烈。

§ 輕薄桃花逐水流——有關桃花的風言風語 §

杜甫有詩，名為「輕薄桃花逐水流」，不少人也把桃花看作是尋歡賣笑的風塵女子一般。岑參在挑逗一名歌妓時就寫道：「朱唇一點桃花殷，宿妝嬌羞偏髻鬟。細看只似陽臺女，醉著莫許歸巫山。」（〈醉戲竇子美人〉）

宋人程棨在《三柳軒雜識》中更說：「余嘗評花，以為梅有山林之風，杏有閨門之態，桃如倚門市倡，李如東郭貧女。」非常明確地把桃花歸於妓女一類，而且是「倚門市倡」，連「秦淮八豔」

那種有身分的名妓都不是。

《紅樓夢》裡眾美人抽花簽時，襲人就抽到了桃花，詩句是「桃紅又見一年春」，暗中諷刺她梅開二度，又嫁了別人。後來又用題息夫人廟的詩：「千古艱難唯一死，傷心豈獨息夫人」來挖苦她。息夫人是指春秋時息國君主的妻子，又名桃花夫人。後來楚王滅了息國，將她霸佔。她在楚宮裡雖生了兩個孩子，但終日默默無言，始終不和楚王說一句話。

即便如此，古人對息夫人還是頗有微詞，比如杜牧就寫詩說：「細腰宮裡露桃新，脈脈無言，至竟息亡緣底事，可憐金谷墜樓人。」嫌息夫人不如石崇家的綠珠那樣堅決殉主。

其實，就算是身為風塵女子，也是被侮辱和被損害的弱者，她們更應該被同情。宋代曾被朱熹毒打的名妓嚴蕊，在陪台州太守唐與正佐宴時，唐與正命嚴蕊作一首詠吟桃花的詞，當時桃樹上桃花很多，紅的白的都有。嚴蕊用〈如夢令〉的詞牌填了一首詞，唱道：

道是梨花不是，道是杏花不是，白白與紅紅，別是東風情味。
曾記、曾記，人在武陵微醉。

這首詞初看也很一般，不過細品一下，卻會發現意兼雙關，並非淺俗之作。所謂「道是梨花不是，道是杏花不是」，雖明寫桃花，但像嚴蕊這樣的歌妓，整天強顏歡笑逢場作戲地侍候男人，妻不是妻，妾不是妾，難道不也有這「道是」「不是」的尷尬意味嗎？而最後這句「武陵微醉」則大有講究，武陵源又叫桃花源，切合桃花一題，而後世也常用「入桃源」來比喻男人得到某個女人，嚴蕊此處明寫桃花，其實卻道的是自己。她的滿腔酸楚不著痕跡，融化於詞句之中。

還有不少人，把桃花和梅、松等花木對立起來，把桃李等形容為粗俗附勢的小人之輩，錢起有詩：「桃花徒照地，終被笑妖紅」，蘇軾詩曰：「桃李漫山總粗俗」，陳與義也誇梅花貶桃花：「一時傾倒東風意，桃李爭春奈晚何。」李白這首詩寫得更詳細：

桃花開東園，含笑誇白日。偶蒙東風榮，生此豔陽質。
豈無佳人色，但恐花不實。宛轉龍火飛，零落早相失。
詎知南山松，獨立自蕭瑟。

劉禹錫曾因借〈戲贈看花君子〉一詩諷刺當朝權貴而再度被貶，於是他連帶著也恨上了玄都觀的桃花，十四年後，當他重回京師，看到「桃花淨盡菜花開」時，不覺開懷大笑，「前度劉郎今又來」。這裡的桃花，成了那些排擠打擊他的朝中新貴的象徵了。

當然，劉禹錫也沒有變態到見了桃花就咬牙切齒的程度，像「城邊流水桃花過，簾外春風杜若香」「山上層層桃李花，雲間煙火是人家」等詩句裡，他還是將桃花寫得十分可愛。

§ 萬樹桃花映小樓 §

南唐李煜曾有一首詞，羨慕江上的漁翁：「浪花有意千里雪，桃花無言一隊春。一壺酒，一竿身，快活如儂有幾人」；潘安曾在所轄縣裡遍種桃花，有道是：「河陽一縣花」。然而，他們都深陷於政治的漩渦之中，一個成為亡國之君，一個成為東市之鬼，再也沒有心情從容地欣賞桃花了。

李白在〈春夜宴從弟桃花園序〉中說得好：「夫天地者，萬物之逆旅也；光陰者，百代之過客也。而浮生若夢，為歡幾何？古人秉燭夜遊，良有以也。況陽春召我以煙景，大塊假我以文章。會桃花之芳園，序天倫之樂事……」

「浮生若夢，為歡幾何」？桃花，正代表了那匆匆而逝的美好年華，明代屠隆曾寫道：「傍池桃樹數株，三月紅錦映水，如阿房、迷樓，萬美人盡臨妝境。」是啊，如果有一個大園子，裡面種滿桃花，東風裡花開爛漫，著眼生春，又是何等令人心喜！很喜歡元稹這首詩中的生活：「山泉散漫繞階流，萬樹桃花映小樓。閒讀道書慵未起，水晶簾下看梳頭。」

何必千箱黃金堆北斗，但得萬樹桃花繞小樓，亦足矣。

註

3 出自《紅樓夢》第二十七回，林黛玉〈葬花吟〉。

四、一枝紅杏出牆來

杏花的外形其實和桃、梅相似，但杏花盛開在早春，體態也輕盈可喜，宋人趙長卿有〈一叢花〉一詞道：

柳鶯啼曉夢初驚。香霧入簾清。胭脂淡注宮妝雅，似文君、猶帶春酲。
芳心婉娩，媚容綽約，桃李總消聲。相如春思正縈縈。無奈惜花情。
曲欄小檻幽深處，與殷勤、遮護娉婷。姚黃魏紫，十分顏色，終不似輕盈。

「姚黃魏紫，十分顏色，終不似輕盈。」牡丹中的極品如「姚黃魏紫」之類，雖然富貴豔麗，但卻沒有杏花嬌小嫵媚的感覺。依宋人的審美觀，牡丹未免有些過於夯笨了。

提起杏花，相信大多數人都會想起南宋葉紹翁那句「春色滿園關不住，一枝紅杏出牆來」。是啊，想到杏花，總會聯想到那融融的春意，灼灼的春光。正如宋祁詞中所說：「綠楊煙外曉寒輕，紅杏枝頭春意鬧。」

有一首傳世名聯：「白草秋風塞北，杏花春雨江南」，「沾衣欲濕杏花雨」，春雨中的杏花是何等的美麗溫柔，譚詠麟有首歌：「捨不得杏花春雨中的你，盈盈的笑語……」歌雖老，但每次聽到還是依然為之心動。

小杜杜牧有詩：「清明時節雨紛紛，路上行人欲斷魂。借問酒家何處有，牧童遙指杏花村。」在讓人心境隨之淒迷紛亂的時候，得以尋到一家酒肆，看到那盈盈含笑的杏花，欣慰之情，不言而喻。這也是這首看似平淡無奇的小詩能夠千古流傳的原因吧。

陸游〈臨安春雨初霽〉這首詩我覺得有點借用了杜牧詩中的意境：

世味年來薄似紗，誰令騎馬客京華？小樓一夜聽春雨，深巷明朝賣杏花。

矮紙斜行閒作草，晴窗細乳戲分茶。素衣莫起風塵嘆，猶及清明可到家。

「小樓一夜聽春雨，深巷明朝賣杏花」，大概是詩人客居京華，於無聊無奈無措之際唯一的心靈溫暖了。

§ 最含情處出牆頭 §

提起杏花詩中那句「一枝紅杏出牆來」，不免想起「紅杏出牆」這個詞，如今該詞專門用來形容女人的婚外情。葉紹翁當時寫這首詩時，未必就有這種意思，但杏花在古詩文中早就有「作風不正派」的名聲。比如唐人薛能就有〈杏花〉一詩說：

活色生香第一流，手中移得近青樓。誰知豔性終相負，亂向春風笑不休。

這裡薛能說杏花生性就風流放蕩，怎麼也改不了倚門賣笑的那副德性。晚唐詩人韋莊的〈思帝鄉〉一詞中出現的這個非常大膽前衛的唐代女孩，她身後的背影也是滿天杏花：

春日遊，杏花吹滿頭。陌上誰家年少，足風流。
妾擬將身嫁與，一生休。縱被無情棄，不能羞。

更有甚者，李漁在《閒情偶寄》中提到杏花時說：「種杏不實者，以處子常繫之裙繫樹上，便結子累累。余初不信，而試之果然。是樹之喜淫者，莫過於杏，余嘗名為風流樹。」好嘛，杏花竟落下個「喜淫」之最的名聲。

《金瓶梅》裡有一聯：「金勒馬嘶芳草地，玉樓人醉杏花天。」這一聯最早見於明朝第一狀元吳伯宗的〈大駕春巡詩應制〉一詩，其中道：「君王馬上索詩篇，杜甫詩中借一聯。金勒馬嘶芳草地，玉樓人醉杏花天。」然而，今天在《全唐詩》中杜甫集中卻都找不到此聯。是否真為杜甫所寫且不去管，這「玉樓人醉杏花天」的風情和老杜的形象相去甚遠，和《金瓶梅》中的淫靡氣氛倒是挺相稱。另有一部情色小說乾脆就叫作《杏花天》。

《西遊記》中第六十四回「木仙庵三藏談詩」中，寫唐僧和一群樹精木怪們談詩論文，其中有一個「杏仙」，就是杏樹變化的妖精，她生得十分妖媚，用書中的話講就是：「青姿妝翡翠，丹臉賽胭脂。星眼光還彩，蛾眉秀又齊。下襯一條五色梅淺紅裙子，上穿一件煙裡火比甲輕衣。弓鞋彎鳳嘴，綾襪錦繡泥。妖嬈嬌似天臺女，不亞當年俏妲姬。」

這個杏仙對唐僧十分有意，文才也很好，所寫的詩中「雨潤紅姿嬌且嫩」一句，得到唐僧等一致稱讚。電視劇中杏仙獻舞獻歌的一幕讓觀眾印象極為深刻，所唱歌詞如下：

桃李芳菲梨花笑，怎比我枝頭春意鬧。
芍藥艷娜，李花俏，怎比我雨潤紅姿嬌。
香茶一盞，迎君到。星兒搖搖，雲兒飄飄。
何必西天萬里遙。歡樂就在今宵，歡樂就在今朝……

「杏仙」被網友們評為《西遊記》中令人難忘的十大美女之一，「杏仙」的魅力的確難以抵擋，也就唐僧這種木頭疙瘩般的人能不動心罷了。

《紅樓夢》中一開卷時，寫賈雨村愛上了甄家的丫環嬌杏，這嬌杏有一日擷花兒，猛抬頭見窗內有陌生人，便回頭看了一兩次。窗內的賈雨村以為她有意於自己，遂狂喜不禁，以為此女子必是個巨眼英雄，風塵中之知己也。賈雨村做了縣太爺後，便討嬌杏來做了二房。一年後，嬌杏便生了個兒子，再半年，雨村嫡妻病故，嬌杏被扶作正室夫人。嬌杏，諧音「僥倖」也。

書中寫的這個「嬌杏」雖然出於無心，但也擺脫不了勾引男人的形象。

柳永有〈少年游〉一詞寫一位風塵女子，也是用「紅臉杏花春」來形容：

世間尤物意中人。輕細好腰身。香幃睡起，發妝酒釅，紅臉杏花春。

嬌多愛把齊紈扇，和笑掩朱唇。心性溫柔，品流詳雅，不稱在風塵。

張先這首詞裡的風塵女子也是這樣挑逗客人的：「黛眉長，檀口小，耳畔向人輕道。柳陰曲，是兒家，門前紅杏花。」這「門前紅杏花」流露出無限的風流情思。

話說回來，葉紹翁的這句「一枝紅杏出牆來」，到底有沒有女人出軌的意思呢？不好說。不過他這句其實也是借鑑了前人的詩句而得來的。先看晚唐溫庭筠這一首〈杏花〉：

紅花初綻雪花繁，重疊高低滿小園。正見盛時猶悵望，豈堪開處已繽翻。

情為世累詩千首，醉是吾鄉酒一樽。杳杳豔歌春日午，出牆何處隔朱門。

如果說這首詩中的「出牆何處隔朱門」相似度還不夠高的話，那晚唐吳融這首〈途中見杏花〉應該更像是葉詩的本源：

一枝紅豔出牆頭，牆外行人正獨愁。長得看來猶有恨，可堪逢處更難留。

林空色暝鶯先到，春淺香寒蝶未遊。更憶帝鄉千萬樹，澹煙籠日暗神州。

這首「一枝紅豔出牆頭」已經是非常接近「一枝紅杏出牆來」了。吳融還有另一首寫杏花的詩，也提到了「出牆」的字樣，比較葉紹翁的〈杏花〉，其中反映「出軌」的意味更為明確：

粉薄紅輕掩斂羞，花中占斷得風流。軟非因醉都無力，凝不成歌亦自愁。
獨照影時臨水畔，最含情處出牆頭。裴回盡日難成別，更待黃昏對酒樓。

「最含情處出牆頭」，千嬌百媚的杏花在牆頭嫣然一笑，誰能不為之心動？

§ 何物動人，二月杏花八月桂 §

其實杏花的典故和意象是相當多的，上面所說的《西遊記》中的杏仙，曾自詠一首詩道：

上蓋留名漢武王，周時孔子立壇場。董仙愛我成林積，孫楚曾憐寒食香。
雨潤紅姿嬌且嫩，煙蒸翠色顯還藏。自知過熟微酸意，落處年年伴麥場。

這首詩算不上一流，也就「雨潤紅姿嬌且嫩」還算過得去。不過，這首詩前四句卻提到了不少有關杏花的典故，第一句是說漢武帝劉徹欲訪蓬瀛仙山時，有人獻給他山杏，後人稱這種杏為「武帝杏」。第二句當然是說孔子在杏壇講學的故事，第三句則是說三國時一位醫仙名叫董奉，看病不要錢，只要求被治好的重病人為之種杏五株，輕病人種杏一株，因此門前杏樹蔚然成林，現在醫院中還常掛「杏林春滿」的匾額來宣揚醫道高明醫德高深。第四句「孫楚曾憐寒食香」是說晉朝孫楚在寒食這一天祭祀介子推時，曾用過杏酪。

另外，古代讀書人有一傳誦很廣的對聯：

何物動人，二月杏花八月桂；有誰催我，三更燈火五更雞。

「蟾宮折桂」之說是金榜高中的比喻之詞，這與杏花有什麼關係？原來舊時科舉考試初級選拔的鄉試是在八月，正是桂花飄香時節。而更高一級的禮部會試卻在二月，是杏花開時。

唐代自中宗開始，凡登進士第者，先在杏園參加宴會，再到雁塔題名。故賀人及第的詩句往往少不了杏花出場，如趙嘏〈喜張濆及第〉：「春風賀喜無言語，排比花枝滿杏園。」劉滄〈及第後宴曲江〉：「及第新春選勝遊，杏園初宴曲江頭。」中唐時的進士周匡物，在〈杏園宴〉一詩中得意地說道：「元和天子丙申年，三十三人同得仙，袍似爛銀文似錦，相將白日上青天。」樂得都要蹦上天了。

所以唐人鄭谷有詩〈曲江紅杏〉：

遮莫江頭柳色遮，日濃鶯睡一枝斜。女郎折得殷勤看，道是春風及第花。

有幸高中者，自然是「春風得意馬蹄疾」，而不幸落第的那些書生們的筆下，也會出現杏花，但這時的杏花卻充滿失落之意，休提什麼「春風及第花」了。張籍〈哭孟寂〉一詩這樣寫：「曲江院裡題名處，十九人中最少年。今日春光君不見，杏花零落寺門前。」明代才子唐伯虎，因被人牽連入科場舞弊案而被革去功名，痛失金榜題名的資格，若干年後，他依然在詩中惆悵地寫道：「桃葉參差誰問渡，杏花零落憶題名。」

《閱微草堂筆記》中紀曉嵐記載說，他父親姚安公（名紀容舒，曾官至雲南姚安一地的知府，故家人稱他為姚安公）曾經折了一枝紅杏養在瓶中，花落了竟然還結了兩個小杏，當時他就心中大悅。後來果然鄉試就中了舉人，紀老爹欣喜之餘，命名其書齋為瑞杏軒。

正是因為杏花有著這樣的喻意，所以古時很多文士都喜歡在用具上刻畫「杏林春燕」這樣的吉祥圖案，「燕」與「宴」同音，因為及第登科者，天子會親切接見賜宴。所以書生學子特別喜歡這圖案，圖個吉利唄。就像現在炒股票的只吃牛肉、茶不敢喝「綠茶」，只喝「紅茶」。呵呵，所以嘛，大家考試前不妨喝點杏仁露，既圖個吉利，也算繼承了「杏林春燕」的文化傳統。

§ 易得凋零，更多少無情風雨 §

杏花開時，正是盛行春風、常得春雨之時。唐代戴叔倫有詩：「蘇溪亭上草漫漫，誰倚東風十二欄？燕子不歸春事晚，一汀煙雨杏花寒。」杏花和桃花一樣，都是匆匆開落。不免令人心頭湧上一絲莫名的惆悵。小杜曾道：「暖風遲日柳初含，顧影看身又自慚。何事明朝獨惆悵，杏花時節在江南。」

南宋詩人陳與義有一句「客子光陰詩卷裡，杏花消息雨聲中」，得到宋高宗趙構的讚賞，竟因此被封為內相。而現代人恐怕對陳與義的那句「杏花疏影裡，吹笛到天明」更熟悉。然而，不管是哪一聯，讀來都讓人傷感和落寞。

風流天子宋徽宗被金人擄去途中，見到風雨中零落的杏花，更是感慨萬千，肝腸欲斷。他寫下著名的〈燕山亭．北行見杏花〉一詞：

裁減冰綃，輕疊數重，淡著胭脂勻注。新樣靚妝，豔溢香融，羞殺蕊珠宮女。易得凋零，更多少無情風雨。愁苦。問院落淒涼，幾番春暮。

憑寄離恨重重，這雙燕，何曾會人言語。天遙地遠，萬水千山，知他故宮何處。怎不思量，除夢裡有時曾去。無據。和夢也新來不做。

這「易得凋零，更多少無情風雨」，道出了春暮風雨中杏花的悽楚。正如中唐詩人姚合所說：「今日無言春雨後，似含冷涕謝東風。」

東風無力百花殘，這也是無可奈何之事，好在「春去春回來，花謝花會再開」，我們還是選一首相對溫馨點的詞為此文作結罷：

畫堂春・秦觀

東風吹柳日初長，雨餘芳草斜陽。杏花零落燕泥香，睡損紅妝。
寶篆煙消鸞鳳，畫屏雲鎖瀟湘。暮寒微透薄羅裳，無限思量。

五、梨花

滿地不開門

提起梨花，不少人心中馬上會湧上來這樣一句：「忽如一夜春風來，千樹萬樹梨花開」，然而，唐代岑參這首詩並非真的在寫梨花，而是寫樹枝上的雪掛。不過，潔白如銀的梨花確實很像那晶瑩的雪花。小杜也有詩：「淮陽多病偶求歡，客袖侵霜與燭盤。砌下梨花一堆雪，明年誰此憑欄杆」，這裡的「梨花一堆雪」，也是寫雪花，並非梨花。

梨花的素潔皎美倒真的和雪有得一比，所以梨花就不像桃花啦、杏花啦那樣「緋聞」多多。

§ 渾似姑射真人，天姿靈秀，意氣殊高潔 §

李白有詩：「柳色黃金嫩，梨花白雪香」；林黛玉有詩：「偷來梨蕊三分白」，梨花的潔白，在春花繽紛的時節是非常引人注目的。她的高潔身姿也令不少詩人墨客嘖嘖讚嘆。中唐詩人錢起〈梨花〉詩中就「尊梨抑桃」：「豔靜如籠月，香寒未逐風。桃花徒照地，終被笑妖紅。」

金庸先生的小說《倚天屠龍記》中，一開卷就先引了長春真人丘處機所寫的一首詞〈無俗念．靈虛宮梨花詞〉：

春遊浩蕩，是年年、寒食梨花時節。白錦無紋香爛漫，玉樹瓊葩堆雪。靜夜沉沉，浮光靄靄，冷浸溶溶月。人間天上，爛銀霞照通徹。渾似姑射真人，天姿靈秀，意氣殊高潔。萬化參差誰通道，不與群芳同列。浩氣清英，仙材卓犖，下土難分別。瑤台歸去，洞天方看清絕。

書中接著說：「這首詞誦的似是梨花，其實詞中真意卻是讚譽一位身穿白衣的美貌少女，說她『渾似姑射真人，天姿靈秀，意氣殊高潔』，又說她『浩氣清英，仙才卓犖』『不與群芳同列』。詞中所頌這美女，乃古墓派傳人小龍女。她一生愛穿白衣，當真如風拂玉樹，雪裹瓊苞，兼之生性清冷，實當得起『冷浸溶溶月』的形容，以『無俗念』三字贈之，可說十分貼切。長春子丘處機和她在終南山上比鄰而居，當年一見，讚嘆人間竟有如斯絕世美女，便寫下這首詞來。」

歷史上真有丘處機，這首詞也是真實的。但金庸先生後面這段話卻是小說家言了，要是此詞乃是尹志平所作還算罷了，不知為何到了《倚天屠龍記》中，金庸先生又補述了一段這樣的文字，難道有其徒必有其師，丘處機真人偌大年紀也曾暗戀小龍女？

依我看，丘處機真人此詞就是單寫梨花之皎潔不俗的，並無男女之情在其中。

說起來，梨花和姓丘的還真有些緣分，唐代詩人王維、丘為、皇甫冉三人曾一起寫過〈左掖梨花〉一詩。其中以丘為所寫的最好，被選入《千家詩》中：

丘為

冷豔全欺雪，餘香乍入衣。春風且莫定，吹向玉階飛。

王維

閒灑階邊草，輕隨箔外風。黃鶯弄不足，銜入未央宮。

皇甫冉

巧解逢人笑，還能亂蝶飛。春時風入戶，幾片落朝衣。

丘為這首詩之所以能勝過王維和皇甫冉，正是因為丘為的詩寫出了梨花高潔芳香的特色，相比之下，王維和皇甫冉所寫的就遜色一些了。

元好問這一首詩將梨花的潔白清高寫得十分細緻傳神：

梨花如靜女，寂寞出春暮。春色惜天真，玉頰洗風露。
素月談相映，肅然見風度。恨無塵外人，為續雪香句。
孤芳忌太潔，莫遣凡卉妒。

正像賞梅最宜明月之下一樣，看梨花也是月下好。崔道融〈寒食夜〉一詩道：「滿地梨花白，風吹碎月明。」詩句中有些冷冷的感覺，不過梨花開於春暮，春夜賞梨花，應該說多了幾分溫暖恬靜，少了幾分寂寥冷清。皎潔的月光和梨花的潔白相映成趣，妙不可言。宋代才女魏夫人有詞：「西樓明月。掩映梨花千樹雪。」晏殊有〈無題〉一詩：

油壁香車不再逢，峽雲無跡任西東。梨花院落溶溶月，柳絮池塘淡淡風。
幾日寂寥傷酒後，一番蕭瑟禁煙中。魚書欲寄何由達，水遠山長處處同。

宋人寫詩往往脫不出唐人的窠臼，晏殊這首詩的詩意也是完全摹仿李商隱的無題詩，不過其中這一聯「梨花院落溶溶月，柳絮池塘淡淡風」卻著實讓人愛極，也是寫梨花最好的詩句之一。

而宋人賀鑄月下的梨花就有些太過淒慘了：「三更月，中庭恰照梨花雪。梨花雪。不勝淒斷，杜鵑啼血。」讀來讓人有不忍之感。

讓不少人為之心動的是宋人陳亮這一句：「黃昏庭院柳棲鴉，記得那人和月、折梨花」，這位素豔絕塵的女子，和朦朧的月色一樣，成為夢一般美好而難忘的記憶。這樣的記憶，借用張愛玲小說裡的一句：「是要裝在水晶瓶裡雙手捧著看的」。

§ 梨花一枝春帶雨 §

梨花落時正是暮春時分，歐陽修〈蝶戀花〉所謂「雨橫風狂三月暮」，溫庭筠有詩：「寂寞遊人寒食後，夜來風雨送梨花」，唐人來鵠也道：「侵階草色連朝雨，滿地梨花昨夜風」。「三春去後諸芳盡」[4]，春盡花殘的時節到了，梨花也難逃過。

在不少的古詩詞中，梨花，尤其是雨中的梨花，像是充滿了淒淒慘慘的「淚水」，這「一朵梨花，院落欄杆雨」[5]，讓多少人都為此垂淚興嘆！

雨中的梨花看起來極似佳人悲泣，正如才女朱淑真所道：「梨花細雨黃昏後，不是愁人也斷腸！」所以就連辛棄疾這樣的英雄人物，入眼後心中也平添幾分憐惜、幾分惆悵：「夢回人遠許多愁，只在梨花風雨處。」

白居易的〈長恨歌〉中形容楊貴妃的魂魄來和唐玄宗相見，他們已是陰陽相隔，楊貴妃的模樣就是：「風吹仙袂飄飄舉，猶似霓裳羽衣舞。玉容寂寞淚欄杆，梨花一枝春帶雨……」所以，後來「梨花帶雨」一詞，就專門用來形容美女哭泣的樣子。

蘇東坡曾有詞曰：「故將別語惱佳人，要看梨花枝上雨。」怪不得世人相傳蘇大鬍子以春娘換馬，以致春娘一頭撞死。蘇大鬍子這兩句詩就暴露了他不尊重疼愛女性的本性，他故意惹人家哭，為的是看看人家「梨花帶雨」的樣子。

周邦彥有一首〈水龍吟〉，專詠梨花，其中的「一枝在手，偏勾引、黃昏淚」之句最為點睛：

素肌應怯餘寒，豔陽占立青蕪地。樊川照日，靈關遮路，殘紅斂避。傳火樓臺，妒花風雨，長門深閉。亞簾櫳半濕，一枝在手，偏勾引、黃昏淚。

別有風前月底，布繁英，滿園歌吹。朱鉛退盡，潘妃卻酒，昭君乍起。雪浪翻空，粉裳縞夜，不成春意。恨玉容不見，瓊英謾好，與何人比？

周邦彥喜歡作長調，他的詞往好處說是「渾厚、典雅、縝密」，有「曲折回環，開闔動盪，抑揚頓挫之勢」，但我覺得也有白居易那種太過囉嗦細緻的毛病。比如這首詞，如果少點「樊川照日，靈關遮路」「潘妃卻酒，昭君乍起」之類的典故，只保留「一枝在手，偏勾引、黃昏淚」這樣的傳神之句，會更讓人讀後難忘。

說起梨花，總讓人有些感傷。因為梨花的一身白色，白居易竟把它比喻成守寡的孀婦：「最似孀閨少年婦，白妝素袖碧紗裙。」通俗小說中常說：「要想俏，一身孝」，梨花有種傷感的美麗。

唐代劉方平有一首著名的〈春怨〉詩說：「紗窗日落漸黃昏，金屋無人見淚痕。寂寞空庭春欲晚，梨花滿地不開門。」和其同時代的戴叔倫也有〈春怨〉一詩：「金鴨香消欲斷魂，梨花春雨掩重門。欲知別後相思意，回看羅衣積淚痕。」這兩首詩不知誰借鑑誰的。後來秦觀化用他們的句子，填入詞中，就成為「欲黃昏，雨打梨花深閉門」這一傳世佳句。

後來又有南宋詞人史達祖寫了一首〈玉樓春．賦梨花〉，末句又化用了秦觀這一句，不過也可以算是好詞，其中透出無盡的繾綣愁緒：

玉容寂寞誰為主，寒食心情愁幾許。前身清澹似梅妝，遙夜依微留月佳。
香迷蝴蝶飛時路，雪在秋千來往處。黃昏著了素衣裳，深閉重門聽夜雨。

到了清代，納蘭性德的〈清平樂〉同樣出現了黃昏中無限哀惋的梨花：

風鬟雨鬢，偏是來無准。倦倚玉闌看月暈，容易語低香近。
軟風吹過窗紗，心期便隔天涯。從此傷春傷別，黃昏只對梨花。

元好問有〈江城子〉一詞，其下闋道：「夕陽人影小樓間，曲欄杆。晚風寒。料得而今，前後望歸鞍。寂寞梨花枝上雨，人不見，與誰彈。」離別在即，想此後這位女子唯一可以做的事情，就是獨立夕陽下，一直望到夜闌風寒，她臉上如梨花帶雨一般的珠淚，無人看見，又向誰彈？

說來說去，梨花詩中寫得好的，總是傷感類的，直到現代的流行歌曲中，梨花的意象還是那樣哀怨，比如李宇春唱的這首〈梨花香〉：

梨花香，卻讓人心感傷。愁斷腸，千杯酒解思量。
莫相望，舊時人新模樣，思望鄉。
時過境遷，故人難見。舊日黃昏，映照新顏。
相思之苦誰又敢直言。
為情傷，世間事皆無常。笑滄桑，萬行淚化寒窗。
勿彷徨，脫素裹著春裝，憶流芳。
笑我太過癡狂，相思夜未央。獨我孤芳自賞，殘香……

這首歌應該說帶了十足的古典意味，我們不妨將唐代韋莊的這首〈清平樂〉一起對照來看：

瑣窗春暮，滿地梨花香。君不歸來晴又去，紅淚散沾金縷。
夢魂飛斷煙波，傷心不奈春何！空把金針獨坐，鴛鴦愁繡雙窠。

記得有一年，曾路過一個地方，一路上梨花盛開，那片片瓣瓣，隨風灑落在水中。如今思之，宛若前塵。

正是：「一樹梨花一溪月，不知今夜屬何人？」

註
4 出自《紅樓夢》第十三回：三春去後諸芳盡，各自須尋各自門。
5 出自宋．韓淲〈祝英台近〉。

三月　花令

楊花入水

丁香結

海棠睡

六、溶溶春水楊花夢

楊花，也稱之為柳絮。她沒有紅豔馨香，也沒有楚楚動人的花瓣。她是花嗎？蘇軾詞中道：「似花還似非花，也無人惜從教墜。」有人說從植物學的角度看，輕舞飛揚的楊花，並不是花，只是楊柳的種子。但古典詩詞中，卻都將之稱為「楊花」了。而且，明媚的春光中如果少了楊花，似乎就像古畫裡沒有了題款印章一樣，總會覺得少了點什麼。

晏殊〈踏莎行〉中道：「小徑紅稀，芳郊綠遍。高臺樹色陰陰見。春風不解禁楊花，濛濛亂撲行人面。」這裡如果少了「濛濛亂撲行人面」的楊花，就少了許多生氣。

§ 風起楊花愁殺人 §

中唐詩人李益有詩：

汴水東流無限春，隋家宮闕已成塵。行人莫上長堤望，風起楊花愁殺人。

楊柳別情依依，楊花飄浮無依，所以詩人們看到楊花，都不免添愁興嘆。就連李白那樣豪放灑脫的詩仙，筆下也是「溧陽酒樓三月春，楊花茫茫愁殺人」「我畏朱顏移。愁看楊花飛」，給好友王昌齡寄「愁心」「明月」的那首詩，起句也是「楊花落盡子規啼，聞道龍標過五溪」……

北魏時的胡太后，一度把持朝綱，大權在握。然而，正值三十多歲青春年華的她，最難耐的是宮中的寂寞。於是她愛上了名將楊大眼的兒子楊白花。楊白花英武俊朗，他雖和胡太后有了幾次枕席之歡，但心中始終覺得害怕。於是他帶兵投奔了南方的梁朝，改名為楊華。

胡太后望著滿天飛舞的楊花，思念不已，於是寫下這首非常有名的〈楊白花歌〉，令宮女「晝夜連臂蹋蹄歌之，聲甚淒斷」：

陽春二三月，楊柳齊作花。春風一夜入閨闥，楊花飄蕩落南家。
含情出戶腳無力，拾得楊花淚沾臆，秋去春還雙燕子，願銜楊花入窠裡。

胡太后雖然在歷史上臭名昭著，凶淫毒虐俱全，但胡太后畢竟也是一個女人，心中還殘存著一縷柔情吧，所以這首〈楊白花歌〉並沒有因人廢文，讓大家十分反感。

明代才女柳如是，就寫了這樣一首詩〈楊白花〉，似乎是追和了胡太后的〈楊白花歌〉：

楊花飛去淚沾臆，楊花飛來意還息。可憐楊柳花，忍思入南家。
楊花去時心不難，南家結子何時還？楊白花還恨，飛去入閨闥，
但恨楊花初拾時，不抱楊花鳳巢裡。
卻愛含情多結子，願得有力知春風。楊花朝去暮復離。

柳如是姓「柳」，所以對於柳有著特殊的感情，她常常以柳自喻，詩詞集中也寫了〈金明池‧寒柳〉〈楊柳二首〉等。胡太后那首詩中「楊花」代指其情人楊華，但柳如是這首詞中卻是說自己了。她身在青樓，正如楊花一樣無處可依，正是「飄泊亦如人命薄，空繾綣，說風流」！（曹雪芹〈唐多令‧柳絮〉）

柳如是在另一首〈楊花〉詩中也說：「楊柳楊花皆可恨，相思無奈雨絲絲。」困於風塵的女子找一個真愛是何其難！宋轅文、陳子龍等多少她曾經愛過的人，還是不得和她終成眷屬，正如她詩中所說：「但恨楊花初拾時，不抱楊花鳳巢裡」……

她不得不無奈地面對，「朝去暮復離」。長久，往往是一種奢望。

§ 凌亂楊花撲繡簾 §

楊花飛時，春光正灩，正是良辰美景奈何天。女兒家的春心也往往萌動。孟浩然有〈賦得盈盈樓上女〉一詩，寫楊花飛散的春日裡，閨中女子想念遠征的夫君：

夫婿久離別，青樓空望歸。妝成捲簾坐，愁思懶縫衣。
燕子家家入，楊花處處飛。空床難獨守，誰為報金徽。

孟浩然這首詩有六朝詩風味，寫得不是太溫婉，我們再來看晚唐詩人張泌的〈春晚謠〉：

雨微微，煙霏霏，小庭半拆紅薔薇。鈿箏斜倚畫屏曲，零落幾行金雁飛。
蕭關夢斷無尋處，萬疊春波起南浦。凌亂楊花撲繡簾，晚窗時有流鶯語。

張泌這首〈春晚謠〉是典型的「花間詞」風格：鏤金錯彩，有聲有色（有點張藝謀《滿城盡帶黃金甲》之類的大片風格）。我們看「紅薔薇」「畫屏」「金雁」，無不給人以強烈的視覺刺激，而「鈿箏」「流鶯語」則是「背景音樂」。《花間集》中，大多如此。

林黛玉的〈葬花吟〉中寫道：「遊絲軟繫飄春榭，落絮輕沾撲繡簾」，似借鑑了「凌亂楊花撲繡簾」一句。

南唐的詞風，繼承了《花間集》的特點，我們看馮延巳這兩首〈菩薩蠻〉：

（上闋略）**羅幃中夜起，霜月清如水。玉露不成圓，寶箏悲斷弦。**

嬌鬟堆枕釵橫鳳，溶溶春水楊花夢。紅燭淚闌杆，翠屏煙浪寒。（下闋略）

相比之下，馮延巳這首詞摹寫女兒家的心態，更為細膩生動，「溶溶春水楊花夢」一句也堪稱妙語，情懷如溶溶春水，佳期卻如楊花春夢一樣飄飛難定，怎能不教她淚流闌杆？

以上兩首詞，都出於男人的手筆，是男人擬女子的心態而寫。真實的女子情懷是不是也是如此呢？朱淑真的這首〈即景〉可以告訴我們答案：

竹搖清影罩幽窗，兩兩時禽噪夕陽。謝卻海棠飛盡絮，困人天氣日初長。

暮春之際，閨中的女兒們，心緒往往也像柳絮一樣紛亂，尤其是懷人不可見，離人不可歸的時候，正所謂「江南江北一般同，偏是離人恨重」[6]！

§ 隨風命似佳人薄 §

自古美女多愁，佳人薄命。舊時女子的命運往往是自己無法掌握的。文天祥有詩：「山河破碎風飄絮，身世沉浮雨打萍」，這是中原板蕩、天下大亂時人人都無法掌握自己命運的感受，而身為女子，無論何時都如白居易所說「百年苦樂由他人」，一點安全感也沒有。

不少詩人也把楊花和薄命佳人聯繫在一起。如宋人陳策這首〈滿江紅．楊花〉就寫得非常好：

倦繡人間，恨春去、淺顰輕掠。章台路，雪粘飛燕，帶芹穿幕。委地身如遊子倦，隨風命似佳人薄。歡此花、飛後更無花，情懷惡。（下闋略）

其中的「委地身如遊子倦，隨風命似佳人薄」，楊花在此一物兩喻，既喻遊子，又比佳人。凝聚其中的全是女兒家的愁思。

有道是「強中更有強中手」，周晉這首〈柳梢青．楊花〉似乎更高一籌：

似霧中花，似風前雪，似雨餘雲。本自無情，點萍成緣，卻又多情。
西湖南陌東城。甚管定、年年送春。薄倖東風，薄情遊子，薄命佳人。

這「薄倖東風，薄情遊子，薄命佳人」，三個薄字猶如連環三掌，劈在我們心上，何等有力！

如今人們常把輕浮放浪的女人稱為「水性楊花」，其實男人們才更「楊花」呢！看周晉詞中什麼「本自無情，點萍成緣，卻又多情」，多像那些逢場作戲、騙情騙色的男人啊！

唐代才女薛濤，被全唐第一薄倖男人元稹騙過一段感情，當元稹最終離她而去後，她惆悵地寫道：

二月楊花輕復微，春風搖盪惹人衣。他家本是無情物，一向南飛又北飛。

這裡楊花又成了薄倖男子的形象，古典詩詞中的比喻就是如此靈活，楊花可以喻情，可以喻人，可以喻薄命佳人，也能喻薄倖男子。

直到今天，譚詠麟這首名為〈楊花〉的歌，還是以楊花來比喻那些身不由己的苦惱，那些如塵煙飛散的情緣：

多少浮世男女身，隨情海波浪漂。好像楊花順著風招搖。
為愛癡癡地笑，把情狠狠地燃燒，地大天大無處可逃。
寂寞的風慢慢吹，吹落楊花四散飛，冷語流言但願聽不到，
無情的風輕輕吹，吹落楊花四散飛，前塵往事煙散雲消。
我看楊花多寂寞，楊花看我又如何？又如何？

§ 唯有楊花獨愛風 §

楊花，雖然看起來不像花，但爛漫的春光裡，她卻「當仁不讓」地擠佔了一席之地。韓愈有詩：「草木知春不久歸，百般紅紫鬥芳菲，楊花榆莢無才思，唯解漫天作雪飛。」到了林妹妹筆下，又成了「柳絲榆莢自芳菲，不管桃飄與李飛」，說來楊花挺有個性的，不少詩人都喜歡她這一點。

在我們這裡，奇花異卉沒有多少，楊花倒是每年春天滿天飛，經常飛得到處都是，有人就挺討厭她。可是，我卻對楊花並不反感。古時的詩人也有不少喜歡楊花的，中唐詩人熊孺登有〈春郊醉中贈章八元〉一詩，其中說：

三月踏青能幾日，百回添酒莫辭頻。看君倒臥楊花裡，始覺春光為醉人。

詩中對楊花充滿了喜愛之情，而詩僧齊己也說：「詠吟何潔白，根本屬風流。向日還輕舉，因風更自由」，張喬更是說：「東園桃李芳已歇，獨有楊花嬌暮春」。暮春之時，春將盡，花將殘，而楊花卻像個無愁無慮的野性少女，放縱地四處飄舞，根本不管春光的來去。

晚唐詩人吳融有詩：

不鬥穠華不占紅，自飛晴野雪濛濛。百花長恨風吹落，唯有楊花獨愛風。

百花怕風吹落，楊花卻愛風能送她高飛。讓我們想起《紅樓夢》第七十回中，眾女兒結社詠絮時，寶姐姐嫌眾人寫得「過於喪敗」，因此她寫了一首與眾不同的詞，果然翻得好：

臨江仙

白玉堂前春解舞，東風卷得均勻。蜂圍蝶陣亂紛紛，幾曾隨逝水，豈必委芳塵。

萬縷千絲終不改，任他隨聚隨分，韶華休笑本無根。好風憑藉力，送我上青雲。

「好風憑藉力，送我上青雲」，把楊花的風采寫得太駘蕩夭矯了，楊花如果有知，肯定會愛死寶姐姐了。

當然了，講到楊花，最後我們也不能不提三位大才子借楊花詞一比才氣的故事。

北宋時，一個叫章楶（字質夫）的文士首先寫了這樣一首詞〈水龍吟．楊花〉：

燕忙鶯懶芳殘，正堤上、楊花飄墜。輕飛亂舞，點畫青林，全無才思。
閒趁遊絲，靜臨深院，日長門閉。傍珠簾散漫，垂垂欲下，依前被風扶起。
蘭帳玉人睡覺，怪春衣、雪沾瓊綴。繡床漸滿，香球無數，才圓卻碎。
時見蜂兒，仰粘輕粉，魚吞池水。望章台路杳，金鞍遊蕩，有盈盈淚。

結果蘇東坡看到後，技癢難忍，於是有了這首著名的〈水龍吟．次韻章質夫楊花詞〉：

似花還似非花，也無人惜從教墜。拋家傍路，思量卻是，無情有思。
縈損柔腸，困酣嬌眼，欲開還閉。夢隨風萬里，尋郎去處，又還被鶯呼起。

不恨此花飛盡，恨西園、落紅難綴。曉來雨過，遺蹤何在，一池萍碎。春色三分，二分塵土，一分流水。細看來，不是楊花點點，是離人淚。

唐人往往是和詩不和韻，而喜歡對格律「高標準、嚴要求」的宋人，則往往和詩也和韻，我們看這首詞，東坡就是不但所有韻腳都是章質夫的原韻，而且連順序都一模一樣。然而，即便是如此，整首詞卻流暢自如，絲毫沒有生硬的感覺。正像王國維先生在《人間詞話》中說的那樣：「東坡〈水龍吟〉詠楊花，和韻而似原唱，章質夫詞，原唱而似和韻，才之不可強也如是！」

當然，也有部分人為章質夫說好話，像宋人魏慶之說：「余以為質夫詞中所謂『傍珠簾散漫，垂垂欲下，依前被風扶起』，亦可謂曲盡楊花妙處，東坡所和雖高，恐未能及。」

平心而論，章質夫那首詞是不錯，但和蘇東坡這樣一位千古罕見的高手比，還是相形見絀了。如果把章質夫比作一位業餘強豪的話，那蘇東坡就是超一流的職業棋手，兩人不在一個段位上。宋人晁叔用就說：「東坡如王嬙、西施，淨洗腳面，與天下婦人鬥好，質夫豈可比哉！」意思說，蘇東坡的才學正像四大美人中的王昭君、西施一樣，那是幾百年都難得出一個的，她們如果打扮起來參加選美，一般人哪裡有法比？

然而，雖有蘇東坡這樣的大牌人物在先，王國維先生卻也一時技癢，追和了二人的詞作〈水龍吟．楊花〉：

> 開時不與人看，如何一霎濛濛墜。日長無緒，回廊小立，迷離情思。
> 細雨池塘，斜陽院落，重門深閉。正參參欲住，輕衫掠處，又特地因風起。
> 花事闌珊到汝，更休尋、滿枝瓊綴。算人只合，人間哀樂，者般零碎。
> 一樣飄零，寧為塵土，勿隨流水。怕盈盈，一片春江，都貯得，離人淚。

有一些人對王國維先生這首詞也有所非議，但依我看，雖然未必勝得了東坡，但相較章質夫的詞，也在伯仲之間。像「寧為塵土，勿隨流水。怕盈盈，一片春江，都貯得，離人淚」，放在宋詞集中，也是非常不錯的。自王國維先生去後，能寫出這等詞來的，也可以說是難得一見了。

王安石〈暮春〉詩中說：「楊花獨得春風意，相逐晴空去不歸」，輕盈如夢的楊花也像我們生命中諸多美好回憶一樣，短短的幾天後，就遠去不歸了。欲待重尋，只有夢裡。

「夢魂慣得無拘檢，又踏楊花過謝橋」。（宋．晏幾道〈鷓鴣天〉）

註

6《紅樓夢》第七十回，薛寶琴〈西江月〉。

七、睡雨海棠猶倚醉

海棠花開時盡態極妍，有嬌媚不勝情之態。正如柳永所說：「東風催露千嬌面，欲綻紅深開處淺。日高梳洗甚時忺，點滴燕脂勻未遍。」百花之中，牡丹、梅花風頭太盛，誠不可與之爭鋒。但論到嫵媚可喜的，海棠又何慚於桃花、杏花、芍藥之輩？

陸游在〈海棠歌〉中曾寫道：「蜀姬豔妝肯讓人？花前頓覺無顏色。扁舟東下八千里，揚州芍藥應羞死。」這裡就將海棠高抬到芍藥之上。

人們經常把玉蘭、牡丹、海棠等畫在一起，圖個「玉（玉蘭）堂（海棠）富貴（牡丹）」的吉慶。海棠還素有「花中貴妃」之稱。

§ 風軟蝶衣亂，海棠春睡遲 §

一提起海棠，我們想必忘不了蘇軾那首著名的詠海棠詩：

東風嫋嫋泛崇光，香霧空濛月轉廊。只恐夜深花睡去，故燒高燭照紅妝。

這首詩雖然在意境上有所借鑑，之前白居易就有詩說：「惆悵階前紅牡丹，晚來唯有兩枝殘。明朝風起應吹盡，夜惜衰紅把火看。」然而，平心而論，白居易的詩雖是唐人詩作，但什麼「殘」啦，「衰紅」啦之類的句子，透著十足的霉氣，遠不如蘇東坡的這首詩更餘韻嫋嫋，情意融融。

說起海棠來，往往和「春睡」連在一起，海棠彷彿是個貪睡的美人。甚至後人描寫美女睡時，就用「棠睡」一詞，比如清代李寶嘉《官場現形記》中就寫：「此時冒小姐棠睡初醒，花容愈媚。」

海棠之所以給人這樣的印象，可能是因為海棠欲開還羞的嬌柔之態，並且還流傳著這樣的一個典故——

宋代詩僧惠洪《冷齋夜話》載：

唐明皇登沉香亭，召太真，妃於時卯醉（白天喝醉）未醒，命高力士使侍兒扶掖而至。妃子醉顏殘妝，鬢亂釵橫，不能再拜。明皇笑曰：「豈妃子醉，直海棠睡未足耳！」

所以這「海棠春睡」和「貴妃醉酒」就成了廣為流傳的典故。後人寫海棠時，往往就脫不開「睡」「妃」二字，比如宋代詞人葛長庚〈柳梢青．海棠〉這首詞就是這樣寫的：

一夜清寒，千紅曉粲，春不曾知。細看如何，醉時西子，睡底楊妃。
盡皆蜀種垂絲。晴日暖、熏成錦圍。說與東風，也須愛惜，且莫吹飛。

「醉時西子，睡底楊妃」，將海棠形容得極為嫵媚動人。葛長庚道號白玉蟾，是位有名的道家人物。然而，正如《白雨齋詞話》中評價的那樣：「葛長庚詞，一片熱腸，不作閒散語，轉見其高。」他不像其他唐代吳筠之類的道士一樣滿口「奼女」「丹鉛」，而是充滿了人情味。從這首詞就可以看出，他雖是方外之人，但依然存有執著的惜花心性。

當然，葛長庚這首詞是有所模仿的，它的原本似乎是早他八十多年的南宋詞人曾覿〈柳梢青．詠海棠〉這首詞：

雨過風微。溫泉浴倦，妃子妝遲。翠袖牽雲，朱唇得酒，臉暈胭脂。
年年海燕新歸。怎奈向、黃昏恁時。倚遍瓊杆，燒殘銀燭，花又爭知。

這兩首詞的詞牌相同，韻腳也是同韻，葛詞似乎是追和之作。曾覯詞中的「溫泉浴倦，妃子妝遲。翠袖牽雲，朱唇得酒，臉暈胭脂」等句，將海棠的慵懶嬌羞之態寫得唯妙唯肖、細膩傳神，也很出色。

據說風流才子唐伯虎有〈妒花歌〉這樣一首詩：

昨夜海棠初著雨，數朵輕盈嬌欲語；佳人曉起出蘭房，折來對鏡比紅妝。
問郎：「花好奴顏好？」郎道：「不如花窈窕。」
佳人見語發嬌嗔，不信死花勝活人；將花揉碎擲郎前，請郎今夜伴花眠。

詩中佳人的郎君說花比人嬌，應該是故意打趣來著，但也反映出海棠確實嬌媚喜人，所以才值得「折來對鏡比紅妝」嘛。相傳唐伯虎還曾畫過一幅〈海棠美人圖〉，圖畫似已失傳，而題詩尚存。〈題海棠美人〉詩云：「褪盡東風滿面妝，可憐蝶粉與蜂狂。自今意思誰能說，一片春心付海棠。」

《紅樓夢》第五回寫賈寶玉來到秦可卿臥房中，見到唐伯虎的〈海棠春睡圖〉（大概就是《海棠美人圖》），並有「嫩寒鎖夢因春冷」之句，都是以海棠來烘托秦可卿的性感嫵媚。

京劇《游龍戲鳳》裡有這樣一段唱詞：「好人家來歹人家，不該私自斜插海棠花。扭扭捏捏實可愛，風流就在這朵海棠花。」劇中正德皇帝以李鳳姐頭上插了一朵海棠花為由，就加以調戲，看來這海棠花確實有風流媚惑的意味。

§ 莫恨無香，最憐有韻，天然情致 §

《廣群芳譜》上曾說，晉代著名富豪石崇曾對著海棠花嘆道：「汝若有香，當以金屋貯之！」而張愛玲在《紅樓夢魘》一書中曾提到：「有人說過『三大恨事』是『一恨鰣魚多刺，二恨海棠無香』，第三件不記得了，也許因為我下意識的覺得應當是『三恨紅樓夢未完』。」張愛玲當時沒有網路，當然記不全了，過去有俗話說「好腦子不如爛筆頭」，現在來看，比之「爛筆頭」，網路的力量更是強大。

這句話出處是《冷齋夜話》，說的是人生五恨，並非三恨，原文是：

吾叔淵材曰：「平生死無所恨，所恨者五事耳。」人問其故，淵材斂目不言，久之曰：「吾論不入時聽，恐汝曹輕易之。」問者力請說，乃答曰：「第一恨鰣魚多骨，二恨金橘太酸，三恨蓴菜性冷，四恨海棠無香，五恨曾子固（曾鞏）不能作詩。」聞者大笑，而淵材瞠目答曰：「諸子果輕易吾論也。」

這裡的淵材是指北宋時的怪才彭幾，他是個猶如老頑童一般的滑稽人物，留下諸如「仙鶴下蛋」之類的笑話多多，這是其中之一。但海棠有色無香，對愛花成癡之人來說，的確是一件憾事。

相比這下，南宋詞人劉克莊倒還比較看得開，他在〈滿江紅〉一詞中寫道：

壓倒群芳，天賦與、十分穠豔。嬌嫩處、有情皆惜，無香何慊。恰則才如針粟大，忽然誰把胭脂染。放遲開、不肯婿梅花，羞寒儉。

時易過，春難占。歡事薄，才情欠。覺芳心欲訴，冶容微斂。四畔人來攀折去，一番雨有離披漸。更那堪、幾陣夜來風，吹千點。

「嬌嫩處、有情皆惜，無香何慊」，劉克莊倒是並不在乎海棠有沒有香氣。也是，「事若求全何所樂」，天地尚有殘缺，何況海棠？宋人方嶽同樣持「莫恨無香，最憐有韻，天然情致」這樣的態度。海棠到底有香無香，此事乃是文人學士們口中的一段「公案」，自來眾說紛紜。

清代雜家李漁很是憤憤不平，在《閒情偶寄》中捋起袖子，對「海棠無香說」口誅筆伐。他先是說，大家都拿海棠無香來說事，那百花中不香的也不只海棠一種，為什麼不說別的？是不是看海棠太嬌豔了，嫉妒人家？而且他覺得海棠並非不香，而是因為她的姿色太嫵媚，顯得香氣不夠同樣出色罷了。正如一個長得特別好看的明星，容易被看成「花瓶」一樣。

李漁又舉例子，人們都知道王羲之是書聖，吳道子是畫聖，難道他們除了寫字畫畫別的就不擅長嗎？蘇東坡號稱不擅長棋酒，難道就對圍棋一竅不通，滴酒不沾嗎？都不見得，只不過沒有他們最拿手的本領那樣罷了。

接著李漁又搬出唐人鄭谷的詩來：「則蜂蝶過門而不入矣，何以鄭谷〈詠海棠〉詩云：『朝醉暮吟看不足，羨他蝴蝶宿深枝？』」他說：「有香無香，當以蝶之去留為證。」花香不香這方面，人家蝴蝶才是「權威人士」。

看李漁激動得鬍子亂顫的樣子，我們也不用再較真了，看來李漁對於海棠確實愛之極矣。順便說一下，海棠有西府海棠、垂絲海棠、木瓜海棠和貼梗海棠等諸多品種（按植物學上分類，它們同科不同屬），一般的海棠花沒有香味，而西府海棠卻既香且豔，是海棠中的上品。

§ 東風吹綻海棠開，香麝滿樓臺 §

自來詩壇就有一個傳說，說是杜甫一生雖寫詩多多，卻唯獨沒有寫過海棠。於是宋人王禹偁就在詩話中猜測杜甫生母閨名海棠，所以為了避諱，不便題詠。

這種說法在宋人中廣為流傳，大有謊言重複千遍就是真理之勢，像王安石就寫「少陵為爾牽詩興，可是無心賦海棠」，蘇軾也說：「恰似西川杜工部，海棠雖好不題詩」，更有一個叫郭稹的，把海棠帶雨想像成因為杜甫沒有寫詩而傷感：「應為無詩怨工部，至今含露作啼妝。」大才女朱淑真有詩寫海棠：

胭脂為臉玉為肌，未趁春風二月期。曾比溫泉妃子睡，不吟西蜀杜陵詩。
桃羞豔冶愁回首，柳妒妖嬈只皺眉。燕子欲歸寒食近，黃昏庭院雨絲絲。

這句「不吟西蜀杜陵詩」，也是受了王禹偁的誤導。

其實在盛唐之時，人們還不是特別喜歡海棠，盛唐人和宋人的審美是有差異的。像李白、韓愈、柳宗元、元稹、白居易等盛唐中唐詩人都沒有寫過海棠，總不見得這些人的媽統統閨名叫「海棠」吧？所以老杜沒寫海棠，絲毫不足為奇。

之所以有這樣的傳說，是因為：其一，宋人「粉」老杜；其二，宋人「粉」海棠。所以宋人就覺得老杜沒寫海棠詩，是個很大的遺憾。陸游就任誰說也不信，非得認定老杜肯定寫了海棠詩，只是佚失了罷了，陸游云：「老杜不應無海棠詩，意必失傳耳。」

唐人喜歡牡丹，宋人喜歡梅花，也喜歡海棠。宋代沈文撰的《海棠記》序中道：「嘗聞真宗皇帝御制後雜苑花十題，以海棠為首章，賜近臣唱和，則知海棠足與牡丹抗衡而獨步於西州矣。」經過宋真宗的親自宣導，海棠的地位扶搖直上，大有和牡丹爭勝之勢。北宋末年的文士京鏜曾有〈洞仙歌〉

一詞，其下闋就直接向牡丹叫板：

妖嬈真絕豔，盡是天然，莫恨無香欠檀口。
幸今年風雨，不苦摧殘，還肯為、遊人再三留否。
算魏紫姚黃號花王，若定價收名，未應居右。

宋人陳思也把海棠和牡丹、梅花並肩而論：「世之花卉，種類不一，或以色而豔，或以香而妍，是皆鍾天地之秀，為人所羨也。梅花占於春前，牡丹殿於春後，騷人墨客特注意焉，獨海棠一種，風姿豔固不在二花下。」

其實還沒入宋，一到晚唐時節，海棠詩就非常多了。像吳融詩中誇：「雲綻霞鋪錦水頭，占春顏色最風流」，鄭谷詩中贊「穠麗最宜新著雨，嬌嬈全在欲開時」，尤其值得向大家介紹的是晚唐韓偓《香奩集》體的這首詩：

昨夜三更雨，今朝一陣寒。海棠花在否，側臥捲簾看。

讀罷這首詩，我們恐怕就會想到李清照有名的那首〈如夢令〉：「昨夜雨疏風驟。濃睡不消殘酒。

試問捲簾人，卻道海棠依舊。知否，知否？應是綠肥紅瘦！」這首詞的意境，其實全都來自韓偓的這首海棠詩，只不過李清照寫得更細膩生動罷了。

五代時有個叫劉兼的人，雖然名氣不大，但這首海棠詩卻寫得端麗典雅：

淡淡微紅色不深，依依偏得似春心。煙輕虢國顰歌黛，露重長門斂淚衿。
低傍繡簾人易折，密藏香蕊蝶難尋。良宵更有多情處，月下芬芳伴醉吟。

到了明清之時，人們更傾向素雅的東西。於是白海棠時來運轉，格外受尊重。嬌喘微微，一身是病，在雕花的紫檀書案上一邊以淚研墨賦詩說愁，一邊對著白海棠吐血，這似乎是典型的多愁才女的形象。

所以在《紅樓夢》中，十二金釵們題詠的就是白海棠，書中那六首白海棠詩都相當不錯，其中評寶釵所作的為最佳：

珍重芳姿晝掩門，自攜手甕灌苔盆。胭脂洗出秋階影，冰雪招來露砌魂。
淡極始知花更豔，愁多焉得玉無痕。欲償白帝憑清潔，不語婷婷日又昏。

也許是我渾身上下沒半根雅骨，我總覺得海棠最大的優點，就在於那紅中有白、白中泛紅猶如少女臉頰的嬌色。吳潛有詞形容得真好：「非粉飾，肌膚細。非塗澤，胭脂膩。恐人間天上，少其倫爾。西子顰收初雨後，太真浴罷微暄裡……」把海棠的嬌潤紅豔寫得太絕了。

所以相比於號稱「淡極始知花更豔」的白海棠來說，「著雨胭脂點點消，半開時節最妖嬈」的紅海棠更令我心動。非常贊同王象晉《二如堂群芳譜》裡的這段話：「望之綽約如處女，非若他花冶容不正者可比。蓋色之美者，唯海棠，視之如淺絳外，英英數點，如深胭脂，此詩家所以難為狀也。」

海棠花又有女兒花之稱，《紅樓夢》中賈寶玉所居怡紅院中就種有此花，書中對此有過細緻描寫：

> 一入門，兩邊都是遊廊相接。院中點襯幾塊山石，一邊種著數本芭蕉，那一邊乃是一棵西府海棠，其勢若傘，絲垂翠縷，葩吐丹砂。眾人贊道：「好花，好花！從來也見過許多海棠，那裡有這樣妙的。」賈政道：「這叫作『女兒棠』，乃是外國之種。俗傳系出『女兒國』中，云彼國此種最盛，亦荒唐不經之說罷了。」
>
> 眾人笑道：「然雖不經，如何此名傳久了？」寶玉道：「大約騷人詠士，以此花之色紅暈若施脂，輕弱似扶病，大近乎閨閣風度，所以以『女兒』命名。想因被世間俗惡聽了，他便以野史纂入為證，以俗傳俗，以訛傳訛，都認真了。」

我覺得對於海棠來說，最為吸引人的就是她「睡猶未足，嫣然何笑」[7]的女兒之態。如果一味板起臉來說《春秋》裡用來責備賢者之語：「海棠有色而無香」，未免就太過迂腐了。嬌媚的顏色，嬌媚的青春，是生命給予的美麗。儘管有時候這種美麗換不來憐愛，只能換來寂寞和惆悵：

眼兒媚．朱淑真

遲遲春日弄輕柔，花徑暗香流。清明過了，不堪回首，雲鎖朱樓。
午窗睡起鶯聲巧，何處喚春愁。綠楊影裡，海棠亭畔，紅杏梢頭。

註

7 出自南宋．李曾伯〈滿江紅〉。

八、丁香

空結雨中愁

丁香花，在古詩詞中也是經常出現的。當然，我們不少人看到丁香這兩個字時，都不免想起戴望舒那首著名的現代詩〈雨巷〉：

撐著油紙傘，獨自
彷徨在悠長、悠長
又寂寥的雨巷，
我希望逢著
一個丁香一樣地

結著愁怨的姑娘。
她是有
丁香一樣的顏色，
丁香一樣的芬芳，
丁香一樣的憂愁，
在雨中哀怨，
哀怨又彷徨
……

戴望舒這首現代詩非常地好，然而，這首詩也是充分吸取了古典詩詞中的元素而來的。其中的意境早在南唐中主李璟的〈浣溪沙〉一詞中就出現了：

手卷真珠上玉鉤，依前春恨鎖重樓。風裡落花誰是主？思悠悠！
青鳥不傳雲外信，丁香空結雨中愁。回首綠波三楚暮，接天流。

這句「丁香空結雨中愁」，如果攤開了，勾兌一下，大概就能成為〈雨巷〉中的主弦律。

§ 芭蕉不展丁香結 §

丁香名字的由來，是因為花筒細長如釘，而且有濃郁的香氣。而古詩中常提到的丁香結又是怎麼回事呢？我們用宗璞女士文章中的一段文字解釋一下：

「只是賞過這麼多年的丁香，卻一直不解，何以古人發明了丁香結的說法。今年一次春雨，久立窗前，望著斜伸過來的丁香枝條上一柄花蕾。小小的花苞圓圓的、鼓鼓的，恰如衣襟上的盤花扣。我才恍然，果然是丁香結！

丁香結，這三個字給人許多想像。再聯想到那些詩句，真覺得它們負擔著解不開的愁怨了。每個人一輩子都有許多不順心的事，一件完了一件又來。所以丁香結年年都有……」（摘自〈丁香結〉一文）

是的，在詩軸畫卷中，丁香仿佛就是那些愁腸百結、為情所困的幽怨女子。所以丁香的形象更常出現在晚唐詩和宋詞中，如果在初唐和盛唐的詩中就比較難找。雖然宋之問很早就懂得把丁香（即雞舌香）含在嘴裡治療口臭（宋之問想當武則天的男寵，但女皇嫌他有口臭），卻沒有寫過丁香詩。初唐、盛唐的詩人，往往寫一種雲天萬里、鐵甲黃沙之類的大氣象，缺少纏綿的小資情調，所以丁香這時候並非主角。

當然，如果非要找的話，也不是沒有，比如杜甫的這首丁香詩：

丁香體柔弱，亂結枝猶墊。細葉帶浮毛，疏花披素豔。

深栽小齋後，庶近幽人占。晚墮蘭麝中，休懷粉身念。

此詩味道高古，還是屬於以香花美人喻節操道德之類的風格，這類詩，好似一個板著臉講〈弟子規〉的老先生，對於我們來說，似乎已經有了距離感。

晚唐陸龜蒙的這首〈丁香〉詩就隨和了很多：

江上悠悠人不問，十年雲外醉中身。殷勤解卻丁香結，縱放繁枝散誕春。

這首詩雖出於晚唐，但不失盛唐情懷。像什麼「江上」「雲外」，意境殊為豪闊。整首詩瀟灑磊落，相當不錯。但丁香的幽怨形象卻沒有體現。

看了李商隱的這首詩，丁香的「情結」就扣在了我們的心上：

樓上黃昏欲望休，玉梯橫絕月如鉤。芭蕉不展丁香結，同向春風各自愁。

詩中的芭蕉和丁香象徵著一對想愛又不能愛的男女，蕉心不展，丁香緘結，他們的情愫想吐露卻不能吐露，只好默默地在春風中惆悵。

無奈春宵，清風好月虛設，這一切，都託於百結丁香中了。

李商隱的這首詩深為多情人喜愛，後人詩詞中也反復引用。據《能改齋漫錄》卷十六記載，北宋詞人賀鑄曾和一女子相戀，分別後，這個女子思念之情甚切，於是寫了〈寄賀方回〉一詩：「獨倚危欄淚滿襟，小園春色懶追尋。深恩縱似丁香結，難展芭蕉一寸心。」

賀鑄收到情人的詩，感動之餘（賀鑄人稱賀鬼頭，臉色烏青，竟有美眉如此喜歡，哪能不感動？），就寫下〈石州引〉一詞：

薄雨收寒，斜照弄晴，春意空闊。長亭柳色才黃，遠客一枝先折。煙橫水際，映帶幾點歸鴻，東風銷盡龍沙雪。還記出關來，恰而今時節。

將發。畫樓芳酒，紅淚清歌，頓成輕別。回首經年，杳杳音塵都絕。欲知方寸，共有幾許新愁？芭蕉不展丁香結。枉望斷天涯，兩厭厭風月。

他們所唱和的詩中，都直接引用或化用了李商隱「芭蕉不展丁香結」一句。那些愁思鬱結，無力穿越重重障礙的苦情人，他們的心結正像丁香花結一樣，「任是春風吹不展」。（宋．秦觀〈減字木蘭花〉）

所以，丁香，一名百結花，又名情客。

§ 丁香花發一低徊 §

丁香花身上總是帶著深深幽怨，正如宋代韋驤詞中所說：「冷豔幽香奇絕。粉金裁雪。無端又欲恨春風，恨不解、千千結。」

有關丁香花的故事，也都十分令人傷情。相傳古時有一書生趕考，投宿在一家小店。店主女兒和書生一見鍾情，二人月下盟誓，兩心相傾。這個姑娘也是冰雪聰明，她以和書生對對子為樂。書生說出了一個巧聯：「氷冷酒，一點，二點，三點。」姑娘正要開口說出下聯，她父親突然來到，棒打鴛鴦，將二人生生拆散。姑娘不久鬱鬱而死。

後來，姑娘的墳頭上，竟然長滿了丁香樹，書生每日都上山看丁香，突然悟出這丁香花就是姑娘念念不忘要對的下聯。書生當時出的上聯是：「氷冷酒，一點，兩點，三點」，而姑娘墳前開的丁香花就隱喻了下聯：「丁香花，百頭，千頭，萬頭。」

這段故事讀來令人好生傷感。就連流行歌〈丁香花〉，相傳背後也有個生離死別的傷感故事，聽來是聲聲如泣如訴：

你說你最愛丁香花，因為你的名字就是它，多麼憂鬱的花，多愁善感的人啊……
那墳前開滿鮮花是你多麼渴望的美啊，你看那漫山遍野，你還覺得孤單嗎？
你聽那有人在唱那首你最愛的歌謠啊，這塵世間多少繁蕪，從此不必再牽掛……
院子裡栽滿丁香花，開滿紫色美麗的鮮花，我在這裡陪著她，一生一世保護她。

提起丁香花，也不得不提晚清時那個著名的「丁香花詩案」，這其中同樣包含了一個悲情故事。男女主角是晚清著名詩人龔自珍和一代才女顧太清。

顧太清嫁給乾隆第五子永琪（就是《還珠格格》中永琪的原型）之孫，也就是綿億之子——貝勒奕繪為側室福晉（妾）。她是晚清著名才女，有「八旗論詞，男中成容若（納蘭容若），女中太清春」之說。

顧太清，又名顧春，在丈夫奕繪死後，龔自珍經常出入於王府，和顧太清傳出緋聞，並傳出這樣一首詩〈己亥雜詩．憶宣武門內太平湖之丁香花〉：

空山徒倚倦遊身，夢見城西閬苑春；一騎傳箋朱邸晚，臨風遞與縞衣人。

這太平湖畔距貝勒王府不遠，此處有一片茂密的丁香樹，龔自珍常流連其間，大概也是醉翁之意不在酒。詩中提到的「縞衣人」是誰呢？人們一想就想到顧太清，因為她住在「朱邸」（王府）中，又常著一身白衣裙，她與龔自珍是詩友，龔寫的這首「情詩」不是給她是給誰？

清朝時的人對於男女大防，已經是變態般的嚴謹，而且對於男女關係方面的事情，也傳得非常快，想像得越來越離譜。正如魯迅所言：「一見短袖子，立刻想到白胳膊，立刻想到全裸體，立刻想到生殖器，立刻想到性交，立刻想到雜交，立刻想到私生子。中國人的想像唯在這一層能夠如此躍進。」

龔自珍和顧太清，或許只是精神上的戀愛，並無出軌之事，但一時間人們沸沸揚揚，都傳著龔顧二人的緋聞。這流言蜚語鋪天蓋地而來，顧太清母子被驅出了王府。她只好帶著兒女在西城養馬營購買了一處房子（辟才胡同以西的舊城牆附近），靠變賣金銀首飾度日。

龔自珍也待不下去了，只好拉著一車破書，離開了京城，不久就暴卒。據說被奕繪之子載鈞派殺手下毒毒死。死時，龔自珍留下的書箱中有顧太清的一幅畫像和一束枯萎的丁香花。這就是所謂的「丁香花疑案」。

對於龔、顧二人之間的感情，有很多種說法，但我覺得龔自珍對顧太清有情，顧也對龔有些好感，應該是真的。他們的感情也正像丁香花一樣，是盤結在心中，不敢大膽吐露的。然而，當時的社會竟容不下他們這種「發乎情，止於禮」的感情。所以近代文人冒鶴亭在〈讀太素明善堂集感顧太清遺事輒書六絕句〉中嘆道：

太平湖畔太平街，南谷春深葬夜來。
人是傾城姓傾國（暗隱「顧」字），丁香花發一低徊。

「丁香空結千般恨，柳線難縈一片心」[8]，丁香花給我們帶來的是亂絲般纏結的愁緒，正如柳永所說：「要識愁腸，但看丁香樹。」

這世上無人不苦，有情皆孽。然而多少癡情的女子卻堅持：

本想不相思，為怕相思苦，幾番苦思量，寧可相思苦。（胡適）

所以此文的最後，我們還是走到晚唐的《花間詞》中，擇出幾首詞來，伴著那吹來的丁香氣息，品一下其中的柔情苦緒：

感恩多．牛嶠

兩條紅粉淚，多少香閨意。強攀桃李枝，斂愁眉。
陌上鶯啼蝶舞，柳花飛。柳花飛，願得郎心，憶家還早歸。
自從南浦別，愁見丁香結。近來情轉深，憶鴛衾。
幾度將書托煙雁，淚盈襟。淚盈襟，禮月求天，願君知我心。

何滿子．尹鶚

雲雨常陪勝會，笙歌慣逐閒遊。錦裡風光應占，玉鞭金勒驊騮。戴月潛穿深曲，和香醉脫輕裘。
方喜正同鴛帳，又言將往皇州。每憶良宵公子伴，夢魂長掛紅樓。欲表傷離情味，丁香結在心頭。

中興樂．毛文錫

豆蔻花繁煙豔深，丁香軟結同心。翠鬟女，相與，共淘金。
紅蕉葉裡猩猩語。鴛鴦浦，鏡中鸞舞。絲雨，隔荔枝陰。

註

8 出自宋．趙希蓬〈瑞鷓鴣〉。

四月
花令
牡丹王
芍藥相於階
玫瑰香
杜鵑歸
薔薇蔓
荼蘼留夢

九、唯有牡丹真國色

牡丹，是大家公認的「百花之王」，因為牡丹花大色豔，給人們的感覺自然是雍容華貴、富麗端莊，很像是濃妝豔抹、珠光寶氣的貴婦，故又名之為「富貴花」。正如宋人趙以夫詞中所說：「生香絕豔，說不盡、天然富貴。」

牡丹繁盛於唐代。光照八方、繁華如夢的唐代，是牡丹最受推崇的時代，唐代美女們豐滿性感的身軀、張揚豔麗的氣質，都和牡丹的風姿相映成趣。正如李白詩中所說：「雲想衣裳花想容，春風拂檻露華濃。」流光溢彩、華麗奢豔的唐代畫卷中，也總少不了牡丹，像周昉的〈簪花仕女圖〉中所畫的仕女們頭上，都戴著大朵的牡丹。

用牡丹來形容唐代女子，應該是最恰當不過。她們美麗、浪漫、張揚、熱情，同時又茁壯、頑強、獨立。牡丹並非只有華貴多姿的一面，也有其堅強潑辣的一面。

牡丹並不算多嬌氣，她耐得住寒冷，零下三十度的低溫也能忍得，黃土高原的乾旱她也耐得。所以即使是窮山溝的懸崖峭壁上，牡丹也能倔強地生長。延安附近就有一個山谷，長了很多牡丹，甚至多到可以供附近的鄉農砍來當柴燒的程度。

所以牡丹的出身，原本並不高貴。晚唐詩人裴說有詩：「數朵欲傾城，安同桃李榮。未嘗貧處見，不似地中生。」其實他只知其一不知其二，還是比他早些時候的中唐文人舒元輿所寫的〈牡丹賦序〉中記載的比較客觀：

古人言花者，牡丹未嘗與焉。蓋遁於深山，自幽而芳，不為貴重所知。

意思是說，古人提起名花時，沒大說過牡丹，大概是她隱遁於深山，沒有為貴人知道吧。

關於牡丹，往往提到這樣一個故事：說是武則天有一年冬天下旨令百花齊放，別的花都不敢不開，唯獨牡丹不從，於是武則天將牡丹全部刨了，貶出長安，扔到洛陽。這才有洛陽牡丹甲天下。其實這個故事很不可信，歷史記載，武則天一生中很少住在長安，多數時間都是在洛陽居住，「明堂」等輝煌的建築也建在洛陽。

其實，正是因為武則天的喜愛，才讓牡丹繁盛於京都，為名門貴族所識。舒元輿所寫的〈牡丹賦序〉

中又說：「花則何遇焉？天后（武則天）之鄉西河也，有眾香精舍，下有牡丹，其花特異。天后嘆上苑之有闕，因命移植焉。由此京國牡丹，日月寢盛。」

意思是說，牡丹花是因為什麼而成名的呢？武則天的家鄉（山西文水）有牡丹花，但她入宮之後卻從沒有在號稱收盡天下百花的御花園中見過，因此感嘆之餘，命人移栽來。這洛陽的牡丹，十有八九，也正是武則天從長安帶過來的。只不過後人一亂嚼舌頭，這敬酒就成了罰酒，牡丹也從伴駕之花，變成流放之囚了。

武則天是沒有理由不喜歡牡丹的，牡丹來自她的故鄉，伴她度過青春少女的時光，牡丹從山谷的野卉成為金盆玉欄中的花王，武則天也從寒微的小女子成為整個大唐帝國的主人，只有這「交錯如錦，奪目如霞」的花王牡丹，才配得上這位萬眾蟻服、號令百花的女皇。

§ 國色朝酣酒，天香夜染衣 —— 牡丹最佳詩 §

寫牡丹的詩句，最好的自然出在唐人之手。宋人雖然也寫了不少關於牡丹的詩詞，但畢竟氣象上遜了一籌。蘇軾才情雖高，但一出口便是「人老簪花不自羞，花應羞上老人頭」之類的句子，衰相盡露，和牡丹花自身的神韻相去甚遠。黃庭堅詩道：「欲搜佳句恐春老，試遣七言賒一枝」，更露寒酸相，也不合牡丹的富貴之態。歐陽修的〈洛陽牡丹圖〉是一首長詩，但寫到最後，卻也用「但令新花日愈好，唯有我老年年衰」這樣一句灰色調的句子結束，讓人讀來很是喪氣。

而辛棄疾有〈杏花天〉一詞嘲牡丹：「牡丹比得誰顏色，似宮中，太真第一，漁陽鼙鼓邊風急……」以紅顏誤國的楊貴妃來警告世人不要過於寵愛牡丹，並說：「買栽池館多何益，莫虛把，千金拋擲……」

宋人手中，固然也有些清麗的句子，比如晁補之的「溱傍芍藥羞香骨，江裡芙蓉如豔腮」、許景衡的「芳菲仙圃烘初日，冷落書窗照暮霞」、陳襄的「雨餘花萼啻殘粉，風靜奇香噴寶檀」等，但總覺得畢竟沒有寫出牡丹的獨特氣韻。

心頭曾跳出來這麼一句宋詩：「獨立東風看牡丹」，尚覺頗有情致，但陳與義這首〈牡丹〉全詩一讀味道就不一樣了：

一自邊塵入漢關，十年伊洛路漫漫。青墩溪畔龍鍾客，獨立東風看牡丹。

詩是好詩，不過寫的卻是風塵漫漫、國恨家仇。牡丹雖豔雖美，但龍鍾潦倒的詩人，獨自悄立春風，不免只能是「感時花濺淚」罷了。

所以，寫牡丹最好的佳句，還是要從唐詩中來找。

寫牡丹的唐詩中什麼句子最佳？這個問題，唐代皇帝就曾經問過。

據載，唐文宗在內殿賞牡丹花時，曾問過一位叫程修己的畫家說：「近來京城裡傳唱的牡丹詩，誰的最好？」程修己說：「曾聽見公卿們多吟賞中書舍人李正封的詩，曰：『國色朝酣酒，天香夜染衣。』」唐文宗聽了讚賞不已。

這兩句詩確實不錯，牡丹花瓣上的紅暈，恰似醉酒後的貴妃，而暗暗傳來的芬芳仿佛是來自天外的異香，把牡丹的高貴身分點染得很是到位，也很符合唐人喜歡典雅富麗的審美情懷，所以「國色天香」就成了牡丹的專用語。

最能表現牡丹富貴之氣的詩句，大概就是李正封這兩句詩了。

不過，「國色」這兩個字，並非李正封首創，它最早見於劉禹錫的〈賞牡丹〉這首詩中：

庭前芍藥妖無格，池上芙蕖淨少情。唯有牡丹真國色，花開時節動京城。

芍藥妖豔靡弱，沒有貴族氣質；芙蓉雖然清高，卻又缺乏熱情。只有牡丹才是國色天香，花開之時，滿城若狂，這就是牡丹在唐代時的魅力。白居易也曾在〈牡丹芳〉這樣說：「花開花落二十日，一城之人皆若狂。」

這並非是詩人的誇張，《唐國補史》載：「京城貴游尚牡丹三十餘年矣。每暮春，車馬若狂，以不耽玩為恥……」後世的人們，再沒有像唐人一樣，對於牡丹顯露出如此澎湃的激賞和熱情，他們也沒有了唐人蓬勃向上、奔放進取的精神。

牡丹詩清朗遒勁第一，當屬劉禹錫這首詩。

白居易有一首詩，叫〈惜牡丹花〉：「惆悵階前紅牡丹，晚來唯有兩枝殘；明朝風起應吹盡，夜惜衰紅把火看。」也和宋人同一個毛病，頹喪！寫別的花還算罷了，寫牡丹這種富貴之花尤其不宜頹喪。白居易還有首長詩叫〈牡丹芳〉，倒還不錯：

牡丹芳，牡丹芳，黃金蕊綻紅玉房。千片赤英霞爛爛，百枝絳點燈煌煌。
照地初開錦繡段，當風不結蘭麝囊。仙人琪樹白無色，王母桃花小不香。
宿露輕盈泛紫豔，朝陽照耀生紅光。紅紫二色間深淺，向背萬態隨低昂。
映葉多情隱羞面，臥叢無力含醉妝。低嬌笑容疑掩口，凝思怨人如斷腸。
穠姿貴彩信奇絕，雜卉亂花無比方。石竹金錢何細碎，芙蓉芍藥苦尋常。
遂使王公與卿士，游花冠蓋日相望。庳車軟輿貴公主，香衫細馬豪家郎。
衛公宅靜閉東院，西明寺深開北廊。戲蝶雙舞看人久，殘鶯一聲春日長。

共愁日照芳難駐，仍張帷幕垂陰涼。花開花落二十日，一城之人皆若狂。
三代以還文勝質，人心重華不重實。重華直至牡丹芳，其來有漸非今日。
元和天子憂農桑，恤下動天天降祥。去歲嘉禾生九穗，田中寂寞無人至。
今年瑞麥分兩歧，君心獨喜無人知。無人知，可嘆息。
我願暫求造化力，減卻牡丹妖豔色。少回卿士愛花心，同似吾君憂稼穡。

白居易這個人寫詩比較「唐僧」，不過也有好處，就是描寫特別細緻，如果我們要寫以牡丹為主題的作文沒了詞時，可以到白居易這首詩裡抄上一些「黃金蕊綻」「宿露輕盈」「穠姿貴彩」等等。

此詩的另一個缺憾（個人感覺）就是，白居易太喜歡上思想政治課了，在這首牡丹詩的最後，又強調了一回「農桑」「稼穡」的重要性，不免讓人覺得掃興。林黛玉妹妹有詩道：「盛世無饑餒，何須耕織忙」，我們不妨使出金聖歎的手段來，把「三代以還文勝質」起後面的那個大尾巴一刀截去，讓此詩在「花開花落二十日，一城之人皆若狂」的高潮中結束，倒更符合當代的審美觀。

牡丹詩精微細緻第一，當屬白居易詩。

牡丹有一種典雅之美，說起唐詩中的典雅，我覺得當以李商隱的〈牡丹〉為首：

錦幃初卷衛夫人，繡被猶堆越鄂君。垂手亂翻雕玉佩，折腰爭舞郁金裙。
石家蠟燭何曾剪，荀令香爐可待熏。我是夢中傳彩筆，欲書花葉寄朝雲。

李商隱寫詩，喜歡用典故。開頭這個衛夫人，不是教王羲之寫字的那位，而是春秋時衛靈公的夫人南子，她是出名的風流豔婦，據說至聖先師孔夫子見了錦帷中半遮半露的南子，也半個身子酥軟，以至於惹得徒弟子路很是懷疑。

人們常說，第一個用花比美人的是天才，第二個用花比美人的是庸才，第三個用花比美人的是蠢才。而李商隱反過來了，以美人比花，用錦帷中的南子形容牡丹初放時的豔麗。

而越鄂君這個典故則是出於《說苑．善說篇》中。說是「鄂君子皙」泛舟河中，划槳的越人就對他唱起後來被馮小剛導演安排給周迅唱的那句「山有木兮木有枝，心悅君兮君不知」，鄂君感動得一塌糊塗，於是把她摟過來，舉繡被覆之。李商隱將綠葉中的牡丹想像成繡被覆蓋著的越人，傳神地描繪出牡丹花在綠葉簇擁中的風采，好花還要綠葉扶持嘛。

頷聯則摹寫牡丹風中搖曳的丰姿。這裡把牡丹想像成正在跳「垂手舞」「折腰舞」的舞女，隨著翩翩舞姿，雕玉佩翻動，郁金裙飄揚。

頸聯一般都有典故，何況是「獺祭詩書」的李商隱。「石家蠟燭何曾剪，荀令香爐可待熏？」晉代石崇拿蠟燭當柴燒，出奇的豪富；荀令說的是三國時的荀粲，《太平御覽》上說「荀令君至人家，坐處三日香」，簡直是男人中的香妃。這兩個典故用來形容牡丹的富貴馨香。

尾聯還是堅守典故：用了「江淹夢彩筆」「楚王會巫山神女」這兩個典故，最後這兩句簡單說就是，李商隱陶醉於牡丹的國色天香，想用自己的生花彩筆，將思慕之情題寫在牡丹花葉上，寄給夢中情人（巫山神女）。

說到牡丹詩中的典雅第一，首推李商隱此詩。

§ 不語還應彼此知——才女牡丹詩 §

袁宏道曾說：「浴牡丹芍藥宜靚妝妙女」，美人親筆所寫的牡丹詩也不可不讀。宋代的才女似乎對牡丹都沒有好感，朱淑真的〈牡丹〉一詩中說：「嬌嬈萬態逞殊芳，花品名中占得王。莫把傾城比顏色，從來家國為伊亡。」看來是把牡丹當作紅顏禍水了。李清照也是喜歡桂花、梅花更多過牡丹。但她也有一首詞〈慶清朝慢〉專寫牡丹：

禁幄低張，雕欄巧護，就中獨佔殘春。客華淡佇，綽約俱見天真。
待得群花過後，一番風露曉妝新。妖嬈豔態，妒風笑月，長殢東君。

東城邊，南陌上，正日烘池館，競走香輪。綺筵散日，誰人可繼芳塵？
更好明光宮殿，幾枝先近日邊勻，金樽倒，拚了盡燭，不管黃昏。

不過平心而論，李清照這首牡丹詞不如她其他的詞更出色，看來這時代氣息確實強求不來，遠離了盛唐之世，就算是李清照這樣的大才女的筆下，牡丹也已失色。

唐代美人中，相傳上官婉兒寫過一首詩詠「雙頭牡丹」，其中有「勢如連璧友，情若臭蘭人」，用雙頭牡丹來比喻同氣連枝的朋友，但全詩已不可見。豔名遠播的女道士魚玄機有一首〈賣殘牡丹〉：

臨風興嘆落花頻，芳意潛消又一春。應為價高人不問，卻緣香甚蝶難親。
紅英只稱生宮裡，翠葉那堪染路塵。及至移根上林苑，王孫方恨買無因。

魚美人出身寒微，這裡借「殘牡丹」抒發自己知音難遇、同調無人的感嘆，詩也算不錯，但也和宋人一樣，沾了衰敗之氣。

我最喜歡的美人詠牡丹詩，首推薛濤這一首〈牡丹〉：

去年零落暮春時，淚濕紅箋怨別離。常恐便同巫峽散，因何重有武陵期。
傳情每向馨香得，不語還應彼此知。只欲欄邊安枕席，夜深閒共說相思。

讀罷薛濤此詩，心頭不覺就浮上來這樣一句話：「多情女情重更斟情」。比起好多男性詩人純粹從讚美賞玩的角度來寫的詩作，薛濤這首詩對於牡丹灌注了更多的真情。此詩中，仿佛她和牡丹同命相憐，同愁同喜。「卿須憐我我憐卿」，牡丹就是她的知己，心裡有話，可以講給牡丹花聽，甚至不用講，彼此就早已心意相通，「不語還應彼此知」。

牡丹詩深情第一，自是薛美人這首詩。

§ 獨立人間第一香——晚唐牡丹詩 §

薛濤說：「不語還應彼此知」，這是美人和花息息相通的心境，到了男人那裡，畢竟就差了一層，像晚唐的羅隱就說：「若教解語應傾國，任是無情也動人。」在他眼裡，牡丹花畢竟是不通人情的，如此看來，他是難以讀懂牡丹花語的。

其實，羅隱這首牡丹詩也很有名，《紅樓夢》中的薛美人（寶釵）拈了個簽，上面就是「任是無情也動人」，羅隱〈牡丹花〉全詩如下：

似共東風別有因，絳羅高卷不勝春。若教解語應傾國，任是無情也動人。
芍藥與君為近侍，芙蓉何處避芳塵。可憐韓令功成後，辜負穠華過此身。

羅隱集中還有一篇〈牡丹〉，也是富麗濃豔，倒是很切合牡丹的身分：

豔多煙重欲開難，紅蕊當心一抹檀。公子醉歸燈下見，美人朝插鏡中看。
當庭始覺春風貴，帶雨方知國色寒。日晚更將何所似，太真無力憑欄杆。

晚唐還有一些牡丹詩，也別有風味，皮日休的〈牡丹詩〉是這樣寫的：

落盡殘紅始吐芳，佳名喚作百花王。競誇天下無雙豔，獨立人間第一香。

此詩氣勢相當不凡，寫出了牡丹的王者之風。但頗有些乖戾不平之氣，如果和黃巢大王的〈菊花詩〉對比，不難看出二者有些相似之處。黃金甲大王說：「我花開後百花殺」，皮日休則說：「落盡殘紅始吐芳」，雖「溫柔」了不少，但骨子裡也是不甘寂寞，要獨樹一幟，與之分庭抗禮。其他如「百花王」「第一香」等，也透著一股霸氣，當然，如果說得不好聽點，也可以叫作「匪氣」。

晚唐還有一個特點，就是漸漸從只喜歡紅牡丹，發展到更加喜愛白牡丹，一般都覺得牡丹以紅豔奪目為佳，但漸漸也有人覺得紅牡丹俗氣，不如白牡丹雅致，如唐代裴潾就為白牡丹抱不平：

長安豪貴惜春殘，爭賞先開紫牡丹。別有玉杯承露冷，無有起就月中看。

裴潾覺得白牡丹清潔出塵的風姿才更值得欣賞，鄙視那些只懂得欣賞紅牡丹的人。白居易大概因為自己姓「白」，所以對白牡丹也有所偏愛，他說：

白花冷淡無有愛，亦占芳名道牡丹。應似東宮白贊善，被人還喚作朝官。

意思是說白牡丹雖然也是牡丹花，但不為時人所重，受人冷淡，正像自己一樣，雖然也算個朝官（當時白居易任贊善大夫，是東宮太子身邊的五品小官，任務是諷諫太子過失，基本上算個閒職），但卻是一旁坐冷板凳的角色，無權無勢。

然而，到了晚唐，稱讚白牡丹的詩倒多了起來，如吳融的〈僧舍白牡丹二首〉：

膩若裁雲薄綴霜，春殘獨自殿群芳。梅妝向日霏霏暖，紈扇搖風閃閃光。月魄照來空見影，露華凝後更多香。天生潔白宜清淨，何必殷紅映洞房。

侯家萬朵簇霞丹，若並霜林素豔難。合影只應天際月，分香多是畹中蘭。雖饒百卉爭先發，還在三春向後殘。想得惠林憑此檻，肯將榮落意來看。

「天生潔白宜清淨」等語，寫出白牡丹的高潔之處，和富侯之家那些「萬朵簇霞丹」的紅牡丹相比，顯得孤高不群。晚唐之時，為富不仁，為仁不富，有德有才的寒士們卻得不到重用，這也許是晚唐才子更傾向於白牡丹的原因吧。

不過我覺得，牡丹還是紅豔的好，牡丹以雍容華貴取勝，要看冰清玉潔的風姿，粗枝大葉的白牡丹未必勝得過白色的海棠、梨花、梅花之類。

§ 不成一事又空枝 —— 對牡丹的非議 §

牡丹因為名聲太響，所以也有一些人酸溜溜地說牡丹的壞話。

比如唐朝的王睿就說：「牡丹妖豔亂人心，一國如狂不惜金。曷若東園桃與李，果成無語自成陰。」

宋代又有個王溥也說：「棗花至小能成實，桑葉雖柔解吐絲。堪笑牡丹如斗大，不成一事又空枝。」「二王」都來諷刺牡丹「華而不實」，空有一副美豔的外形。不過嘛，唐宋這「二王」也太缺乏審美情趣了。

到了後世，牡丹的聲譽的確有所下滑，不少人也將牡丹目為俗豔之屬，遠不如「菊花殘滿地傷，你的笑容已泛黃」「我從山中來，帶來蘭花草」之類的更動聽。就算人們起名字，叫梅、蘭、菊、蓮的也遠遠多於叫牡丹的。

由此可見，牡丹確實有些落魄了。

§ 何人不愛牡丹花？占斷城中好物華 §

然而，正如唐代徐凝所說：「何人不愛牡丹花？占斷城中好物華。疑是洛川神女作，千嬌萬態破朝霞。」鮮豔奪目的牡丹，是那樣的茁壯、飽滿，她散發著成熟嫵媚的風情，不免令人想起《西廂記》裡張生同學那一臉壞笑的唱詞：「將柳腰款擺，花心輕拆，露滴牡丹開……」和梅、蘭之類的「冷美人」比起來，牡丹身上的性感元素是別的花所不具備的。「牡丹花下死，做鬼也風流」，雖然說起來不免有些調笑和放蕩的意味，但也證明了牡丹花的致命誘惑。

袁宏道曾說，賞花時「茗賞者上也，談賞者次也，酒賞者下也」。他覺得靜靜地飲茶看花才是高雅之人，才配得上所賞的名花，如果在酒宴喧鬧之中來賞花，就流俗了。

但我覺得，這也要看什麼花，對於牡丹，則未必適用。因為她代表著富貴、圓滿，綻放著生命的熱情、成熟的媚惑，「能狂綺陌千金子，也惑朱門萬戶侯」，也許只有玉堂畫閣之間，賓客雲集之際，歡歌笑語，觥籌交錯裡才能讓牡丹嫣然一笑吧。

十、有情芍藥含春淚

芍藥古已有之，中國最早的詩歌總集《詩經．國風．鄭風．溱洧》中就有這樣的詩句：

溱與洧，方渙渙兮。士與女，方秉蕑兮。女曰觀乎？士曰既且。

且往觀乎？洧之外，洵籲且樂。維士與女，伊其相謔，贈之以芍藥……

舊時的道學先生常搖頭說：「鄭風淫」，這首詩也不例外，那個迂腐騰騰的朱熹就斥之為「淫奔者自敘之詞」。這首詩說的是什麼意思呢，我們抄下余冠英先生所譯的文字：溱水長，洧水長，溱水洧水嘩嘩淌。小夥子，大姑娘，人人手裡蘭花香。妹說：「去瞧熱鬧怎麼樣？」哥說：「已經去一趟。」「再去一趟也不妨。洧水邊上，地方寬敞人兒喜洋洋。」女伴男來男伴女，你說我笑心花放，送你一把芍藥最芬芳。

原來這首詩描寫的是三月上巳之辰，鄭國溱洧兩河之畔，男女雜集，春遊歡會的情景，有人說古人用芍藥中的「藥」（此字我們這裡方言還念「約」）字代表相約，所以芍藥也成為男女間定情的象徵，詩中的男子將一朵鮮媚的芍藥送到女子手中，愛情之花也在彼此心中綻放。

這情景，這詩句，打動著千古以來的癡男怨女。《紅樓夢》中的林妹妹，第四十回行牙牌令時表現很有點「失態」，一會說《牡丹亭》裡的「良辰美景奈何天」，一會說《西廂記》中的「紗窗也沒有紅娘報」，最後又來了句「仙杖香挑芍藥花」，這芍藥花，正象徵著蓬蓬勃勃的愛情。所以宋人張鎡在詩中贊道：「自古風流芍藥花。」

§ 揚州簾卷東風裡 §

姜夔有一首詞〈側犯·詠芍藥〉，說的是揚州的芍藥：

恨春易去。甚春卻向揚州住。微雨。正繭栗梢頭弄詩句。
紅橋二十四，總是行雲處。無語。漸半脫宮衣笑相顧。
金壺細葉，千朵圍歌舞。誰念我、鬢成絲，來此共尊俎。
後日西園，綠陰無數。寂寞劉郎，自修花譜。

北宋時揚州芍藥就極為繁盛，蘇軾有詩：「揚州近日紅千葉，自是風流時世妝。」當時揚州每年舉辦芍藥萬花會，官吏搜聚絕品十餘萬株觀賞歡宴，一時熱鬧非凡，揚州芍藥自此名聞天下。後來蘇軾見太過擾民，曾一度廢止了這種行為，但只禁得一時，揚州芍藥還是「佳種年深亦多變」，品種和數量越來越多。

然而到了南宋，金兵南下洗劫揚州（一一六一年）後，城破人亡，芍藥也無復往日之景。姜夔重過揚州時就寫下了我們熟知的「二十四橋仍在」「念橋邊紅藥年年知為誰生」的著名詞句。

然而寫芍藥時，還是不得不提起揚州，正像寫牡丹離不開洛陽一樣，南宋大奸臣賈似道有詩：

又是揚州芍藥時，花應笑我賦歸遲。滿堂留得春如畫，對酒何妨鬢似絲。
玉立黃塵那可到，錦圍紅蠟最相宜。買山若就當移種，此際誰能杖履隨。

賈似道人壞詩不壞，這首寫芍藥的詩倒也不錯。要說古時做皇帝也不容易，奸臣也不是個個都在大白臉上寫著「奸臣」二字，單看這詩，怎麼能想到他是奸臣庸臣？

另外，元末詩人楊允孚〈詠芍藥〉裡這樣寫道：

時雨初肥芍藥苗，脆肥香壓酒腸消。揚州簾卷東風裡，曾惜名花第一嬌。

清代塞爾赫有七絕〈白芍藥〉一詩：

珠簾入夜卷瓊鉤，謝女懷香倚玉樓。風暖月明嬌欲墮，依稀殘夢在揚州。

到了明清，揚州芍藥規模雖不如宋代，但卻培育出極為罕見的黑芍藥，此品種花朵色深紫近黑。明末清初的揚州，園林極盛，各園中也都廣泛種植芍藥。

《鹿鼎記》中寫韋小寶因當年受過揚州禪智寺裡和尚的氣，找藉口要將揚州的芍藥花盡數掘掉，後來有個叫慕天顏的人講了個「四相簪花」的故事（來歷見後文），韋小寶欣喜之下，對芍藥也起了愛惜之心，不再有意為難。

韋小寶當時要掘毀芍藥，找的理由是「戰馬吃了芍藥，奔跑起來便快上一倍」，這當然是信口胡言，但芍藥確有藥用價值不假，芍藥有養血斂陰、柔肝緩中、止痛收汗等功用，對於一些女性特有的疾病更是有顯著功效，故有「女科之花」的稱謂。

§ 好為花王作花相 §

芍藥，和牡丹的形貌非常相近，但牡丹是木本，花大枝粗，有雍容華貴的氣象，而芍藥是草本，顯得嬌小柔弱，所以古人評花時以牡丹為第一，芍藥第二。如宋朝陸佃就在《崥雅》一書中寫道：「今群芳中牡丹品評第一，芍藥第二，故世謂牡丹為花王，芍藥為花相。」所以在我的印象中，常覺得，牡丹像是那種朱門甲第中的貴族少婦，而芍藥則是像紅娘一般的大丫頭。

宋代邵雍有詩：「要與牡丹為近侍，鉛華不待學梅妝」，方回也說：「可止中郎虎賁似，正堪花相相花王」。所謂「中郎虎賁」，是這樣一個典故，說東漢時的蔡邕（蔡文姬的父親），曾做左中郎將，有一個勇士與蔡中郎長相特別相似。所以後來形容兩人面貌相似，就用「中郎虎賁」。這裡是說芍藥和牡丹的「容貌」相似。

楊萬里有詩：

紅紅白白定誰先？裊裊娉娉各自妍。最是依欄嬌分外，卻緣經雨意醒然。
晚春早夏渾無伴，暖豔暗香正可憐。好為花王作花相，不應只遣侍甘泉。

關於芍藥為「花相」一說，還有以下的來歷：北宋著名科學家沈括，在他的《夢溪筆談．補筆談》中記載了「四相簪花」的故事：

韓琦於慶曆五年（一〇五四年）上任揚州太守時，其府署後園中芍藥一幹分四岐，岐各一花。每朵花瓣上下紅色，中間圍一圈金黃色花蕊，是一種叫「金帶圍」的新品種，韓琦十分高興，又邀了三人，同來觀賞。這三人為大理寺評事通判王珪、大理寺評事僉判王安石、大理寺丞陳升之，酒至中筵，剪四花，四人各簪一朵。過了三十年，四人都先後當了宰相。因芍藥中「金帶圍」品種與宰相的金色腰帶相似，從此，芍藥便成了「相」的代表。

每個朝代的審美標準不大一樣，在盛唐，人們喜歡體態豐腴的美人，所以富貴雍容的花王牡丹更為得寵，劉禹錫在〈賞牡丹〉一詩中就這樣寫道：「庭前芍藥妖無格，池上芙蕖靜少情。唯有牡丹真國色，花開時節動京城。」這裡就貶芍藥而重牡丹。

但是漸漸地到了唐代後期，人們對於芍藥也越來越喜歡了，晚唐詩人王貞白有詩道：「芍藥承春寵，何曾羨牡丹」，而唐宋八大家中韓愈、柳宗元這兩位唐代人物都不約而同地喜歡芍藥，柳宗元有詩〈戲題階前芍藥〉：

凡卉與時謝，妍華麗茲晨。欹紅醉濃露，窈窕留餘春。
孤賞白日暮，暄風動搖頻。夜窗藹芳氣，幽臥知相親。
願致溱洧贈，悠悠南國人。

柳宗元這首詩遵循了古體詩含蓄、典雅的特點，比較內斂。而一向板著臉做正統模樣的韓愈，在芍藥詩中不知為什麼非常狂放，甚至激動得有些失態：

芍藥
浩態狂香昔未逢，紅燈爍爍綠盤籠。覺來獨對情驚恐，身在仙宮第幾重。

七古．芍藥歌
丈人庭中開好花，更無凡木爭春華。翠莖紅蕊天力與，此恩不屬黃鐘家。
溫馨熟美鮮香起，似笑無言習君子。霜刀翦汝天女勞，何事低頭學桃李。

嬌癡婢子無靈性，競挽春衫來此並。欲將雙頰一睎紅，綠窗磨遍青銅鏡。
一尊春酒甘若飴，丈人此樂無人知。花前醉倒歌者誰，楚狂小子韓退之。

在我們的印象中，李白花下高歌，自稱「我本楚狂人，鳳歌笑孔丘」的時候不少，也不足為奇，但韓愈卻是儒教的忠實信徒，常一副正襟危坐的樣子，但不知為什麼面對芍藥花，居然花前醉倒，自命為楚狂接輿，可能是對芍藥太過喜歡了吧？

宋明清之時，人們更喜歡體態輕盈的芍藥，常作為美人之喻，錢謙益寫了〈有美〉這樣一首長詩來稱讚他的少妻柳如是，其中就說「芍藥翻風舞，芙蓉出水鮮」。

§ 尚留芍藥殿春風 §

芍藥雖然不及牡丹，但花容綽約，也自有可觀之處。而且芍藥的花期比較晚，俗話說：「穀雨三朝看牡丹，立夏三朝看芍藥。」芍藥盛開之時，正是「人間四月芳菲盡」，花事冷清的時節。所以芍藥就更值得人們珍惜了。宋人陳棣有詩：「誰為東君得意忙，尚留紅藥殿群芳」，洪炎也說：「山丹麗質冠年華，復有餘容殿百花」，趙葵的〈芍藥〉詩說：「芍藥殿春春幾許，簾幙風輕飛絮舞」。

邵雍有詩：「一聲鴣鴂畫樓東，魏紫姚黃掃地空。多謝花工憐寂寞，尚留芍藥殿春風」，當「魏紫姚黃」這些名貴品種的牡丹凋零殆盡時，芍藥卻像百花群中殿後的主力軍一樣，及時地盛開，給春殘寂寞時節增添了幾許色彩，正是「天憐獨得殿殘春」（陳師道〈謝趙生惠芍藥〉）。

元代散曲家劉敏中的這首〈清平樂〉詞更是表達了百花淨盡後，突然又見芍藥怒放時喜出望外的心情：

牡丹花落。夢裡東風惡。見說君家紅芍藥。盡把春愁忘卻。

隔牆百步香來，數叢為我全開。拚向彩雲堆裡，醉時同臥蒼苔。

芍藥雖然不如牡丹更有花王風範，但她更嬌媚可人，風姿綽約。《本草綱目》中這樣說：「芍藥猶綽約也，美好貌。此草花容綽約，故以為名。」芍藥的名字是不是真是由此而來，大可商榷，但芍藥姿態柔美，卻是一點也不假。

宋人張嵲這首詩把芍藥的嬌媚之態寫得很是動人：

青春愛謝日遲遲，正是群芳掃跡時。濃露有情融睡臉，暄風無力困豐肌。

苦將蕊氣相牽引，若對華燈不自持。應似西江明夜火，館娃宮裡醉西施。

當然，把芍藥寫得更嫵媚嬌懶的，還當數秦觀這首詩：

一夕輕雷落萬絲，霽光浮瓦碧參差。有情芍藥含春淚，無力薔薇臥曉枝。

金人元好問曾嘲笑過此詩：「有情芍藥含春淚，無力薔薇臥曉枝。拈出退之山石句，始知渠是女郎詩。」他認為和韓愈蒼勁古拙的「山石」類的詩句比起來，秦觀這詩就太娘了。但這不能證明秦觀這首詩不好，世上有萬種風情，芍藥一般的嬌柔之姿、女兒之態，也是大自然賜予人間眾美中的一種。

最後我們再來看一首宋人曹勳的〈代花心動．芍藥〉：

密幄陰陰，正嘉花嘉木，盡成新翠。蕙圃過雨，牡丹初歇，怎見淺深相倚。好稱花王侍。秀層台、重樓明麗。九重曉，狂香浩態，暖風輕細。

堪想詩人贈意。喜芳豔卿雲，嫩苞金蕊。要看秀色，收拾韶華，自做殿春天氣。與持青梅酒，趁凝佇、晚妝相對。且頻醉，芳菲向闌可惜。

這首詞寫得婉轉細膩，裡面也包括了我們上面提到的眾多典故。芍藥雖比不上花王牡丹那樣冠絕

群芳，引人注目，但她卻像普天下千千萬萬的尋常女兒家一樣，樸實、純潔，又不失嬌豔明媚，我們又有什麼理由不喜愛她呢？

十一、淚血染成紅杜鵑

說起杜鵑花，就不能不提這個傳說：相傳古蜀國王名叫杜宇，後被人所害。他冤氣難消，魂魄化為杜鵑鳥，又稱「子規」。杜鵑鳥當春時便悲鳴不已，直啼到口中流血，這點點鮮血染紅了遍野山花，於是這花就名為杜鵑花。

杜牧有一首詩，就講述了上面的故事：

杜宇竟何冤，年年叫蜀門。至今銜積恨，終古吊殘魂。
芳草迷腸結，紅花染血痕。山川盡春色，嗚咽復誰論。

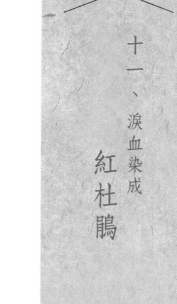

所以「杜鵑」一詞，在古典詩詞中有時候是指杜鵑鳥，有時則指杜鵑花。正如周瘦鵑先生所說：「鳥有鳥名，花有花名，幾乎沒一個是雷同的，唯有杜鵑卻是花鳥同名，最為難得。」那怎麼分呢？也好分，如果是屬於「聲」這一類的，比如「杜鵑聲苦不堪聞」「開時偏值杜鵑聲」，當然就是說杜鵑鳥了；而屬於「色」一類的，像「似血如朱一抹齊」就是說杜鵑花了。

§ 杜鵑花時夭豔然 §

杜鵑花嬌豔明媚，但可能是由於她在南方滿地都是，向來「物以稀為貴」，所以人們對她卻並不珍惜。唐代詩人施肩吾早就為杜鵑花抱不平，他說杜鵑雖豔，但帝城的人卻不知道尊重和欣賞。他覺得杜鵑花實在可以和絕世佳人一比顏色：

杜鵑花時夭豔然，所恨帝城人不識。叮嚀莫遣春風吹，留與佳人比顏色。

宋代楊萬里的〈杜鵑花〉詩中也說：

何須名苑看春風，一路山花不負儂。日日錦江呈錦樣，清溪倒照映山紅。

這裡說，何必到皇家名苑看那些被嬌生慣養的奇花異卉，滿山的杜鵑更值得我們欣賞。白居易曾以杜鵑花贈給好友元稹，更寫有一首長詩〈山石榴寄元九〉，極口稱讚了杜鵑花：

山石榴，一名山躑躅，一名杜鵑花，杜鵑啼時花撲撲。
九江三月杜鵑來，一聲催得一枝開。江城上佐閒無事，山下斸得廳前栽。
爛熳一闌十八樹，根株有數花無數。千房萬葉一時新，嫩紫殷紅鮮麴塵。
淚痕裛損燕支臉，剪刀裁破紅綃巾。謫仙初墮愁在世，奼女新嫁嬌泥春。
日射血珠將滴地，風翻火焰欲燒人。閒折兩枝持在手，細看不似人間有。
花中此物似西施，芙蓉芍藥皆嫫母。奇芳絕豔別者誰，通州遷客元拾遺。
拾遺初貶江陵去，去時正值青春暮。商山秦嶺愁殺君，山石榴花紅夾路。
題詩報我何所云，苦云色似石榴裙。當時叢畔唯思我，今日闌前只憶君。
憶君不見坐銷落，日西風起紅紛紛。

講牡丹詩時就說過，白居易寫詩除了通俗外，就是喜歡囉嗦，不過往好處說，就是細膩。這首詩像「日射血珠將滴地，風翻火焰欲燒人」之類的句子，把杜鵑花紅豔無雙的情態寫得非常傳神，白居易竟然不惜貶「芙蓉芍藥」來讚美杜鵑，說她們和杜鵑一比，就像「嫫母」（黃帝妻子，著名的醜女）一樣了。

所以，後人就有時稱杜鵑為花中西施。但杜鵑卻和皺眉捧心的病西施的「體格」大不相同。她生長力極為旺盛，在貧瘠、荒蕪的山地上照樣能綻開。有些地方的山民把杜鵑花叫柴叭花，因為他們覺得杜鵑花有點像喇叭花，又能當作柴燒。真是焚琴煮鶴，太不知道憐香惜玉了。

§疑是口中血，滴成枝上花§

南唐時的文人成彥雄有詩說：「杜鵑花與鳥，怨豔兩何賒。疑是口中血，滴成枝上花。」杜鵑花因為包含著一個動人的悲情故事，所以在詩詞中的意象格外淒慘。望帝（杜宇）的家國為仇人所占，所以詩人們看到杜鵑花，往往就勾引起家國之恨、思鄉之情。正如崔塗詩中所說：「蝴蝶夢中家萬里，杜鵑枝上月三更。」

李白有詩：「蜀國曾聞子規鳥，宣城又見杜鵑花。一叫一回腸一斷，三春三月憶三巴。」李白晚年久居宣城，看到故鄉四川最常見的杜鵑花，想起杜鵑花背後的故事，不免有腸斷之嘆。

李白生活在盛唐之時，也沒有人非要關著他不讓他回家，而宋代一些詞人，經歷了國破家亡之後，對於杜鵑啼血成花的故事，體會得更加刻骨銘心。目睹了靖康之恥的詞人高觀國，有〈浪淘沙．杜鵑花〉一詞：

啼魄一天涯。怨入芳華。可憐零血染煙霞。記得西風秋露冷，曾涴司花。
明月滿窗紗。倦客思家。故宮春事與愁賒。冉冉斷魂招不得，翠冷紅斜。

我們知道，「靖康之難」時，北宋都城汴京被金軍攻破，共俘虜后妃三千餘人，民間美女三千餘人，以及大臣、宗室家屬數千人。這些女子被擄去金國，一路上受盡侮辱摧殘，竟有一半以上在路上死去。高觀國這首詞和杜鵑花一樣沾滿了斑斑淚血，不啻為對她們的一曲輓歌。

南宋末年的才士舒嶽祥，雖胸有大志，但無處報國。他拒絕和奸臣賈似道同流合污，隱居鄉間，他把親歷的亡國之痛都傾訴在〈杜鵑花〉一詩中：

杜陵野老拜杜鵑，念渠蜀王身所變。我今流涕杜鵑花，為是此禽流備濺。
嗟哉杜宇何其愚，萬事成敗皆斯須。一枰黑白翻覆手，揖讓放弒皆丘墟。
汝初一身今百億，凝滯結戀胡為乎。爾生不能存社稷，死怨謝豹何區區。
至今有子不自保，寄巢生育非良圖。百億禽分百億花，數若恒河沙復沙。
此花開時此鳥至，青楓苦竹為其家。錦官玉壘不可念，翠華黃屋天之涯。
不聞十月杜鵑鳥，只見十月杜鵑花。何必看花與聽鳥，老夫日日自思家。

舒嶽祥這首詞中，借杜鵑花背後的故事，既表達了對故國的思念，又有一種「哀其不幸，怒其不爭」的心情，他說當時蜀王杜宇是多麼傻啊，你既然死後有這樣大的精神化身千億鳴冤，當初為什麼就輕易地把權柄交給奸賊們把握呢？

是啊，宋代的皇帝也是，有舒嶽祥這樣的仁人志士不用，為什麼要用賈似道之類的誤國奸臣，宋朝滅亡後，連皇家陵墓都被盡掘，帝后屍骨拋於荒野，這樣悲慘的下場，有一多半是昏君佞臣的罪責吧。

宋代的杜鵑詩，多含有家難歸的悲傷情懷，如楊巽齋的〈杜鵑花〉一詩：

鮮紅滴滴映霞明，盡是冤禽血染成。羈客有家歸未得，對花無語兩含情。

宋末還有一個化名為「真山民」的才士，他隱姓埋名，詩中借杜鵑花抒發了銅駝荊棘之嘆：

愁鎖巴雲往事空，只將遺恨寄芳叢。歸心千在終難白，啼血萬山都是紅。枝帶翠煙深夜月，魂飛錦水舊東風。至今染出懷鄉恨，長掛行人望眼中。

「歸心千在終難白，啼血萬山都是紅」，寫得極為精警，亡國之人，歸心千轉，終不敢言，滿山如啼血染就的杜鵑正是他們眼中的血淚啊！

也許自宋代以後，中華大地就多災多難，在無數英雄志士血灑大地的歲月裡，傳說中鮮血染成的杜鵑花出現在詩句中，無不顯得悲愴難抑。

近代女英雄秋瑾有詩：

杜鵑花發杜鵑啼，似血如朱一抹齊。應是留春留不住，夜深風露也寒淒。

杜鵑花有一種特殊的習性，獨株而生的杜鵑往往形態羸弱，一定要成群聚生，才能格外茂盛。所以在南方的好多山中，如革命老區井岡山等地，就有漫山遍野的杜鵑花，當地人也稱之為「映山紅」。井岡山上這些血染般的杜鵑花，也見證了當年紅軍堅苦卓絕的鬥爭和烈士們的一腔熱血。

小時候看過《閃閃的紅星》這部電影，但記不大清了。如今在網上找到劉歡翻唱的插曲〈映山紅〉，聽來仍舊覺得有一種力量打動人心：

夜半三更喲盼天明，寒冬臘月喲盼春風。
若要盼得喲紅軍來，嶺上開遍喲映山紅。

和杜鵑花相關的故事，往往都很悲傷，上世紀六〇年代香港有個名杜鵑的著名女影星，在事業受挫後服藥自殺，死時年僅二十七歲。

唉，多愁善感之人不宜多提悲戚之事，所以我錄下辛棄疾〈定風波．杜鵑花〉這首詞後就匆匆作結罷：

百紫千紅過了春。杜鵑聲苦不堪聞。卻解啼教春小住。風雨。空山招得海棠魂。
一似蜀宮當日女。無數。猩猩血染赭羅巾。畢竟花開誰作主。記取。大都花屬惜花人。

十二、玫瑰

嘉名誰贈作

晚唐詩人徐夤有一首詩〈司直巡官司無緒移到玫瑰花〉：

芳菲移自越王台，最似薔薇好並栽。穠豔盡憐勝彩繪，嘉名誰贈作玫瑰。
春藏錦繡風吹坼，天染瓊瑤日照開。為報朱衣早邀客，莫教零落委蒼苔。

玫瑰，這個名字非常好聽。這兩個字一開始是指珍寶玉石，《說文》中道：「玫，石之美者，瑰，珠圓好者」，慣於鋪陳典故的司馬相如〈子虛賦〉中，一提石頭，就贊道：「其石則赤玉玫瑰。」看來，玫瑰這個名字開始是指玉石，後來不知為何就給了玫瑰花。徐夤詩中道：「嘉名誰贈作玫瑰？」他不知道，我也查不到，或許是無可查考了。

玫瑰花在今天是愛情的象徵，高唱「你是我的玫瑰，你是我的花」，送女朋友九九九朵玫瑰會讓她感動得一塌糊塗（其實現在情人節時所售的花，多是月季，並非真正的玫瑰，有人說真正的玫瑰很難情人節那個時候開花，所以也不必因買的是實為月季的「山寨玫瑰」而懊惱）。

玫瑰代表愛情，這是從西洋傳來的理念，在中國古代的詩詞中，玫瑰是沒有這種意象的。要說表達愛情，還不如芍藥，前面說過詩經中就有：「維士與女，伊其相謔，贈之以芍藥。」

在古代，似乎對玫瑰的珍愛程度很不夠，他們覺得玫瑰值得稱道的地方就是香氣比較出色，楊萬里有詩〈紅玫瑰〉：

非關月季姓名同，不與薔薇譜諜通。接葉連枝千萬綠，一花兩色淺深紅。
風流各自胭脂格，雨露何私造化功。別有國香收不得，詩人熏入水沉中。

看來當時的人們，對於玫瑰、月季、薔薇這「三姐妹」還是鑑別得挺清楚的，玫瑰花因為氣味芬芳，常用來做一些化妝品和食品，人們常用「牛嚼牡丹」來形容一個人十分低俗，不過美女嚼玫瑰，卻是件非常自然的事兒。

古時候很多的點心和「飲料」，都是玫瑰做的。《清稗類鈔》中曾記載過：「玫瑰花做餡：去玫瑰花棗蕊，並白色者。取純紫花瓣搗成膏，以白梅水浸少時。研細，細布絞去汁，加白糖，再研極細，瓷器收貯，最香甜。」

另外，人們還用玫瑰花製作了諸如像玫瑰香精、玫瑰露、玫瑰醬、玫瑰酒等等。李漁在《閒情偶寄》中曾大誇蓮花和玫瑰，說這兩種花都是大利於人的，蓮是「渾身上下」無一不為人所用：蓮花可看，蓮子可摘，蓮藕可食，蓮葉可以裹物……而玫瑰則是讓人渾身上下到處都用得上她，可插可戴、可囊可食、可嗅可觀，人的口眼鼻舌、肌膚毛髮，無一不得到玫瑰的親昵，染上玫瑰的香氣。

《紅樓夢》第六十回裡，提起過玫瑰露。這玫瑰露清涼可口，且色澤豔麗，有「胭脂一般的汁子」，還被下人們誤當作「西洋葡萄酒」。據說喝了能治熱病，在當時是一種非常珍貴的飲料。書中還多次提到玫瑰膏子，即用玫瑰花製成的胭脂。

清代吳翌鳳有一首詞名為〈踏莎行．玫瑰花〉：

豔影團霞，濃香醉蝶，露痕未斂先輕摘。
好花不向樹頭看，朝來賣遍薰風陌。
慵插釵梁，憨填鬢側，紫羅囊亦輸顏色。
細揉花片配糖霜，江南風味猶堪惜。

看到沒有，吳翌鳳雖然和德國詩人歌德是同時代人（他比歌德大七歲），但兩人看到玫瑰的心情卻大為不同，歌德在一七七一年與戀人分手後寫過一首著名的詩：

少年看見紅玫瑰，荒野中的玫瑰。多麼鮮豔多麼美，少年見了奔如飛，心中不住讚美：玫瑰，玫瑰，紅玫瑰，荒野中的玫瑰。（趙傳有首歌叫〈男孩看見野玫瑰〉，應該是借鑑此詩）

而吳老哥看到玫瑰的心情卻是「細揉花片配糖霜」，太不浪漫了，太不懂風情了，大有抽了美女裙子上的皮筋後去打人家窗戶上的玻璃玩的感覺。

在西方，對於玫瑰的熱情要熾熱得多，法國詩人拉馬丁〈蝴蝶〉中說：「生同春光，死如玫瑰。」而法國大作家雨果也說過：「我平生最大的心願，就是在玫瑰花盛開的季節死去」，而我們這裡卻說「牡丹花下死，做鬼也風流」。

平心而論，中國古詩人們對玫瑰沒有太大的熱情，千百年來把人家玫瑰吃了嚼了，蒸了熏了，倒像是對待唐僧肉一般。詩嘛，也沒有留下多少太有名的好詩，因此，本書中寫玫瑰時，也只好委屈她一下，篇幅短短地就煞了尾，如果寫國外相關的玫瑰故事，那要說的將會是連篇累牘。玫瑰仙子莫怪，要怪也要怪那些古代詩人，為什麼不多寫幾首好詩？

以下錄幾首古人所寫的玫瑰詩供參考：

奉和李舍人昆季詠玫瑰花寄贈徐侍郎．唐．盧綸

獨鶴寄煙霜，雙鸞思晚芳。舊陰依謝宅，新豔出蕭牆。
蝶散搖輕露，鶯銜入夕陽。雨朝勝濯錦，風夜劇焚香。
斷日千層豔，孤霞一片光。密來驚葉少，動處覺枝長。
布影期高賞，留春為遠方。嘗聞贈瓊玖，叨和愧升堂。

玫瑰．唐．唐彥謙

麝炷騰清燎，鮫紗覆綠蒙。宮妝臨曉日，錦段落東風。
無力春煙裡，多愁暮雨中。不知何事意，深淺兩般紅。

浣溪沙．玫瑰花．清．趙懷玉

玉作肌膚麝作胎，徘徊花下幾徘徊，滿城絲雨近黃梅。
色欲泥人還滴露，香如泛酒莫辭杯，佳人笑插鬢雲堆。

一叢花．詠玫瑰花．清．董元愷

玉人曉起惜春殘，花事正闌珊。
賣花聲送妝台畔，開籃處，豔紫濃殷。
萬朶氤氳，一枝芳鬱，和露捻來看。（下闋略）

十三、薔薇

風細一簾香

薔薇其實和玫瑰、月季也差不了太多，只不過薔薇生性沒有她們嬌氣，郊野間不須人種，也可生長，因此落下個「野客」的別號。宋人姜特立有〈野薔薇〉一詩說：「擬花無品格，在野有光輝」，白居易也有詩詠山澗邊野生的薔薇花：「霄漢風塵俱是繫，薔薇花委故山深。憐君獨向澗中立，一把紅芳三處心。」

李白〈憶東山二首〉其一曾說：「不向東山久，薔薇幾度花。白雲還自散，明月落誰家。」李白詩中充滿對光陰虛度的感慨，懷才不遇的嗟嘆。不為人所珍視的薔薇，默默地開了又謝，謝了又開，不正像李白的寫照嗎？所以這大詩人的手筆之中，當真是無一字無來歷，無一句是閒筆。

這些野薔薇透著鄉村女孩一樣的野氣和純美，不要小瞧她們，四大美人中西施不也曾是個浣紗村姑嗎？薔薇之美也是極為撩人的，晚唐詩人李群玉有〈臨水薔薇〉一詩：

堪愛復堪傷，無情不久長。浪搖千臉笑，風舞一叢芳。
似濯文君錦，如窺漢女妝。所思雲雨外，何處寄馨香。

然而，《鏡花緣》中評花中十二師友時[9]，卻將月季評為友，薔薇評為婢，大概是因為薔薇不用太費心費力就可以生長，所以就不珍惜人家了吧。

§ 滿架薔薇一院香 §

晚唐高駢雖是個嗜血成性獨霸一方的武將，但有一首小詩卻為人傳誦，十分清新自然：

綠樹陰濃夏日長，樓臺倒影入池塘。水晶簾動微風起，滿架薔薇一院香。

因為薔薇是蔓生，所以或攀在牆上，或搭在架子上，不然就委頓於地，無法自立。這可能也是《鏡花緣》中將她列為「婢」的原因之一吧。說來芍藥花和薔薇差不多，都是枝條柔弱，故秦少遊有詩：

「有情芍藥含春淚，無力薔薇臥曉枝。」另外，相傳唐代美女作家李季蘭六歲就詠薔薇道：「經時未架（諧音嫁）卻，心緒亂縱橫。」其父聽了不悅，說她長大後必為「失行婦人」。

這薔薇花如果不被架起來，鋪在地上生長的話，花開時，就恰似舊時的花被面一般，所以薔薇也被俗稱為「錦被堆花」。宋人徐積有〈錦被堆〉一詩：

春風蕭索為誰張，日暖仍熏百和香。遮處好將羅作帳，襯來堪用玉為床。
風吹亂展文君宅，月下還鋪宋玉牆。好向謝家池上種，綠波深處蓋鴛鴦。

呵呵，以薔薇作錦被，樣子倒是好看，只不過那滿枝的刺兒如何消受得了，還是把薔薇架起來當屏風吧。

柔也有柔的好處，薔薇是非常理想的結屏之花。如果想在園子裡弄一個隔屏，用竹木紮個籬笆，然後種了薔薇，讓薔薇的枝條蔓延其上，開起花來五彩繽紛，煞是好看。李漁曾專門在《閒情偶寄》中說過，如果種木香、酴醾、月月紅等其他花的話，這些開的時候常只是一種顏色，那這個花屏看起來就乏味得很：「則是佳人忌作之繡，庸工不繪之圖，列於亭齋，有何意致？」

所以這薔薇是結屏的不二之選，杜牧有詩：

朵朵精神葉葉柔，雨晴香拂醉人頭。石家錦障依然在，閒倚狂風夜不收。

所謂「石家錦障」，是指晉代巨富石崇，曾以彩綢作錦帳幾十里誇富，而再華麗的錦帳又怎麼比得上薔薇花結成的天然花帳，無論狂風急雨，盡可禁得住。

上面提過的唐代才女李季蘭，後來又寫有一首〈薔薇花〉：

翠融紅綻渾無力，斜倚欄杆似詫人。深處最宜香惹蝶，摘時兼恐焰燒春。
當空巧結玲瓏帳，著地能鋪錦繡裀。最好凌晨和露看，碧紗窗外一枝新。

這「當空巧結玲瓏帳，著地能鋪錦繡裀」把薔薇花的柔枝翠蔓寫得十分生動，架起來就是床帳，鋪在地上就是錦褥，正所謂「三歲看大，七歲看老」，李季蘭筆下的薔薇，還是充滿著溫柔的誘惑。

當然，薔薇並不全是溫柔的一面，她身上可是有刺的。晚唐詩人陸龜蒙曾有詩：

倚牆當戶自橫陳，致得貧家似不貧。外布芳菲雖笑日，中含芒刺欲傷人。
清香往往生遙吹，狂蔓看看及四鄰。遇有客來堪玩處，一端晴綺照煙新。

詩中描寫的是貧家土牆上的一叢薔薇花，有了薔薇花的鋪襯，貧家的茅屋土舍也顯得不是那樣過於寒磣了。下面兩句很耐人尋味：「外布芳菲雖笑日，中含芒刺欲傷人」，這裡並非是諷刺薔薇花，正所謂「綿裡藏針」，這生於貧家的薔薇花也正代表了貧士的風格，他們有自己的原則，他們外表溫和謙弱，但如果真正橫加欺辱的話，他們心中的刺就會突出來反抗（魯迅先生有文，題為〈無花的薔薇〉）。

薔薇花貌似柔麗，卻暗隱剛烈之性，歷來也有不少詩人對她格外喜歡。白居易中舉後初任縣尉時，曾移栽了一株薔薇，他寫詩〈戲題新栽薔薇〉道：

移根易地莫憔悴，野外庭前一種春。少府無妻春寂寞，花開將爾當夫人。

後世有林逋以梅為妻，以鶴為子，而這裡白居易一時動念，看到薔薇花嬌態怡人，竟打趣道：「花開將爾當夫人。」然而，即便是有薔薇花神的話，她也會穿一身像《西遊記》朱紫國王后那樣的帶刺衣服的吧。

不過薔薇的嬌美，還是讓人欲近不得、欲遠不忍的，唐代詩人李建勳有詩道：

拂簷拖地對前墀，蝶影蜂聲爛熳時。萬倍馨香勝玉蕊，一生顏色笑西施。

忘歸醉客臨高架，恃寵佳人索好枝。將並舞腰誰得及，惹衣傷手盡從伊。

「惹衣傷手盡從伊」！唉，由愛故生憂，由愛故生怖，「惹衣傷手」的，何止是薔薇？

§ 東風且伴薔薇住 §

清代詞人葉申薌曾寫道：「薔薇開殿春風，滿架花光豔濃」，是啊，薔薇開於春末，仿佛是諸花中負責殿後的。南宋末年的詞人張炎詞中曾說：「東風且伴薔薇住，到薔薇、春已堪憐。」唐代陸龜蒙〈和襲美重題薔薇〉詩中嘆道：

穠華自古不得久，況是倚春春已空。更被夜來風雨惡，滿階狼藉沒多紅。

「到薔薇、春已堪憐」「倚春春已空」。薔薇開時，已是春暮了，春光正將遠去，薔薇面臨的，正是東風無力百花殘的時節。

黃庭堅有一首非常著名的〈清平樂〉：

春歸何處？寂寞無行路，若有人知春去處，喚取歸來同住。

春無蹤跡誰知？除非問取黃鸝。百囀無人能解，因風飛過薔薇。

那瀲灩的春光、動人的春光，去了何處？薔薇開時，已是最後的留戀。

春，留不住，終將離去，這爛漫的薔薇花代表三春和我們告別。

春殘，扶病。絕世才女李清照曾對著暮春的薔薇訴說心事：

春殘何事苦思鄉，病裡梳頭恨最長。梁燕語多終日在，薔薇風細一簾香。

薔薇又有買笑花之名，據《賈氏說林》載：晚年的漢武帝一直鬱鬱不樂，這日強打精神與寵妃麗娟在園中賞花。這時薔薇恰開，態若含笑。漢武帝感嘆說：「此花絕勝佳人笑也。」麗娟為了讓漢武帝高興，就開玩笑問：「笑可買乎？」漢武帝大概以為是麗娟想效法「千金買笑」的掌故來討賞，於是說：「可以。」哪知道麗娟自己取了黃金百斤給漢武帝，她想讓愁眉不展的漢武帝掛上笑容。

漢武帝笑了沒有？他富有四海，黃金百斤他有什麼好稀罕的？面臨日復一日不斷衰老的病體，成仙長生的希望已確認為虛妄，他面對美人麗娟的天真想法，只能是啼笑皆非吧！

不過薔薇因此卻有了「買笑花」一名，在暮春三月的寥落春雨裡，也許只有那一叢叢牆角溝邊，不為人們所重視的薔薇花，開出純真無憂的笑容來。

「長養薰風拂曉吹，漸開荷芰落薔薇」（徐夤〈初夏戲題〉），唐人畢竟樂觀一些，薔薇落後，就開始期盼荷花了。

然而，薔薇，卻是那逝去的春光裡最值得留戀的一段回憶。

註

9 出自《鏡花緣》第五回：

上官婉兒道：「這是奴婢偶爾遊戲，倘說的不是，公主莫要發笑。所謂師者，即如牡丹、蘭花、梅花、菊花、桂花、蓮花、芍藥、海棠、水仙、臘梅、杜鵑、玉蘭之類，或古香自異，或國色無雙，此十二種，品列上等。當其開時，雖亦玩賞，然對此態濃意遠，骨重香嚴，每覺肅然起敬，不啻事之如師，因而叫作『十二師』。他如珠蘭、茉莉、瑞香、紫薇、山茶、碧桃、玫瑰、丁香、桃花、杏花、石榴、月季之類，或風流自賞，或清芬宜人，此十二種，品列中等。當其開時，憑欄拈韻，相顧把杯，不獨藹然可親，真可把袂共話，亞似投契良朋，因此呼之為『友』。至如鳳仙、薔薇、梨花、李花、木香、芙蓉、藍菊、梔子、繡球、罌粟、秋海棠、夜來香之類，或嫣紅膩翠，或送媚含情，此十二種，品列下等。當其開時，不但心存愛憎，並且意涉褻狎，消閒娛目，宛如解事小鬟一般，故呼之為『婢』。唯此三十六種，可師，可友，可婢。其餘品類雖多，或產一隅之區，見者甚少；或乏香艷之致，別無可觀。故奴婢悉皆不取。」

十四、開到荼蘼花事了

《紅樓夢》第六十三回中寫大觀園眾女兒行酒令時掣花簽，麝月抽到的那支，上面正是一枝荼蘼花，題著「韶華勝極」四字，又有一句舊詩：「開到荼蘼花事了」，後注「在席各飲三杯送春」。書中說：「寶玉見了，就皺皺眉兒，忙將簽藏了」，為什麼要皺眉？因為荼蘼開於暮春花殘之際，所謂「韶華勝極」，表面是好話，但話裡有話，「勝極」，也就是到了頭的意思，物極必反嘛。寶玉感覺到此句話象徵著「三春過後諸芳盡」的不祥。而按舊稿的原意，麝月正是像春暮的荼蘼一樣，是寶玉的「那些花兒」中最後伴在他身邊的。

寶玉隱隱有所領悟，這才「皺眉藏簽」。然而，該來的總要來，該去的總要去。

§睡足酴醾夢亦香§

荼蘼，其實和薔薇、玫瑰、月季一樣，都是屬於薔薇科的一種植物，在我們今天，似乎不大提這個名字，但在古詩詞中，倒是屢屢可見荼蘼的影子。

荼蘼，有時也寫作酴醾。酴醾本是一種酒的名字，那為什麼荼蘼也寫成這兩個字呢？《群芳譜》是這樣解釋的：「本名荼蘼，一種色黃似酒，故加酉字。」意思是說因為有一種開黃花的荼蘼很像黃酒的顏色，所以就和酒名混同了。

這兩首詩中寫的就是黃顏色的荼蘼：

荼蘼．歐陽修

清明時節散天香，輕染鵝兒一抹黃。最是風流堪賞處，美人取作浥羅裳。

荼蘼．黃庭堅

漢宮嬌額半塗黃，入骨濃薰賈女香。日色漸遲風力細，倚欄偷舞白霓裳。

不過，大多數的荼蘼卻為白色，楊萬里很不樂意人們把荼蘼和酒拉扯上關係，他有詩道：「以酒為名卻謗她，冰為肌骨月為家。」也是，花如美人，一旦熏上滿身酒氣，就不像名門高第的女子了。所以，大多數詩中還是吟詠白色荼蘼的居多。

黃庭堅有〈觀王主簿家酴醾〉一詩：

肌膚冰雪薰沉水，百草千花莫比芳。露濕何郎試湯餅，日烘荀令炷爐香。
風流徹骨成春酒，夢寐宜人入枕囊。輸與能詩王主簿，瑤台影裡據胡床。

詩中的「肌膚冰雪」就是說荼蘼的花色白，頸聯的「何郎」「湯餅」也是此意：三國時何晏面白如玉，皇帝疑其敷粉，於是大熱天讓他吃湯餅，何晏吃得汗流滿面，一擦汗，臉卻更白了。宋人王十朋有詞寫荼蘼「露褒瓊枝，臉透何郎暈」，也是因此典故。而「薰沉水」「荀令炷爐香」等則是形容荼蘼的花香。

才女朱淑真有一首荼蘼詩：

花神未怯春歸去，故遣仙姿殿後芳。白玉體輕蟾魄瑩，素紗囊薄麝臍香。
夢思洛浦嬋娟態，愁記瑤台淡淨妝。勾引詩情清絕處，一枝和雨在東牆。

其中這句「白玉體輕蟾魄瑩，素紗囊薄麝臍香」也是誇荼蘼又白又香的樣子。荼蘼香氣濃郁，宋人趙孟堅〈客中思家〉詩道：「微風過處有清香，知是荼蘼隔短牆。」陸游也有詩說：「福州正月把離杯，已見酴醾壓架開。吳地春寒花漸晚，北歸一路摘香來。」多情才子秦少游則由荼蘼的花香憶起舊日戀人的衣香：

賞荼蘼有感

春來百物不入眼，唯見此花堪斷腸。借問斷腸緣底事，羅衣曾似此花香。

賈寶玉在大觀園題額時也用了一聯：「吟成豆蔻才猶豔，睡足荼蘼夢亦香。」

暢飲酴醾美酒，睡足荼蘼香夢，也算是人生一樂吧。

§ 謝了荼蘼春事休 §

荼蘼開於春暮之時，此時正是百花已盡的時候。前面說過許多「芍藥殿春風」「薔薇殿春風」之類的詩，其實她們遠沒有荼蘼更晚。蘇軾有詩：「荼靡不爭春，寂寞開最晚。」荼蘼開時，往往已是初夏。

宋人趙彥端曾寫道：「千種繁春，春已去，翩然遠跡。誰通道，荼蘼枝上，靜中留得。」意思是說，春天被荼蘼的花朵兒留住了。很有白居易詩中「長恨春歸無覓處，不知轉入此中來」的意思。宋人王千秋也說過：「何物慰儂懷，荼蘼最後開。」

辛棄疾這首〈虞美人〉寫得很是生動有趣：

群花泣盡朝來露，爭奈春歸去。不知庭下有荼蘼，偷得十分春色，怕春知。
淡中有味清中貴，飛絮殘英避。露華微滲玉肌香，恰似楊妃初試，出蘭湯。

辛棄疾把庭下暗開的荼蘼，寫成是「偷」了春色，怕春知曉而暗暗開的。孔乙己說讀書人「偷」書不算「偷」，固然不對，而詩中藝術中，確實對「偷」字不必咬真。但凡用這個偷字時，並無惡意，多為俏皮之語。像林妹妹也說海棠「偷來梨蕊三分白」嘛。

宋代韓元吉有一首〈臨江仙〉，這樣寫道：

不恨綠陰桃李過，荼蘼正向人開。一樽清夜月徘徊。

花如人意好，月為此花來。
未信人間香有許，卻疑同住瑤台。紛紛殘雪墮深杯。
直教攀折盡，猶勝酒醒回。

韓元吉是愛國詩人，風格和辛棄疾相近，這首詞也寫得達觀開闊。然而，更多的詩人面對荼蘼，卻沒有「不恨綠陰桃李過」的心情，他們往往都是心生淒然的。

宋代才女吳淑姬有〈小重山〉一詞：

謝了荼蘼春事休。無多花片子，綴枝頭。庭槐影碎被風揉。鶯雖老，聲尚帶嬌羞。
獨自倚妝樓。一川煙草浪，襯雲浮。不如歸去下簾鉤。心兒小，難著許多愁。

「謝了荼蘼春事休」，真令人不覺掩卷長嘆。愁來如天大，心兒怎麼放得下？

開篇時說過，《紅樓夢》引了這樣一句詩：「開到荼蘼花事了」，這來自宋代詩人王淇的〈春暮遊小園〉：

一從梅粉褪殘妝，塗抹新紅上海棠；開到荼蘼花事了，絲絲天棘出莓牆。

荼蘼花在佛典中也常提及，又稱之為彼岸花。她開在往生的路上，她開在遺忘前生的彼岸。

愛到荼蘼，意蘊生命中最燦爛、最繁華或最刻骨銘心的愛即將失去。花謝心埋的感觸，有誰不曾有過？亦舒有小說《開到荼蘼》，王菲也有兩首歌，一名〈開到荼蘼〉，一名〈花事了〉。

花，開到了荼蘼之時，就意味著結束、消逝、訣別。

結束，是很多人不願意面對的。然而，花終有落時，一切都有結束。

心花怒放，卻開到荼蘼。

只好問自己，能不能——

不慕春光，不染淒涼。

五月　花令

榴花照眼

十五、五月榴花照眼明

雖說是「開到荼蘼花事了」，但進入炎炎夏日時，也並非就沒有了花朵開放。王安石有一句詩：「濃綠萬枝紅一點，動人春色不須多」，相傳就是寫石榴的。石榴，開於初夏的五月，給濃綠中添了一抹紅。所以農曆的五月也俗稱榴月。

宋人曾覿有詞：「綠蔭侵簷淨，紅榴照眼明。主人開宴出傾城，正是雨餘天氣，暑風清。」

今天我們對石榴花並不是特別看重，但古人卻將石榴花的地位抬得很高，《鏡花緣》中講「花中十二師友」時，將石榴算作「十二友」，而薔薇、梨花等都屈居為「婢」。袁宏道（中郎）的《瓶史》中也說「石榴以紫薇、大紅、千葉、木槿為婢」。

§ 移得珊瑚漢苑栽 §

元代馬祖常有詩：「乘槎使者海西來，移得珊瑚漢苑栽，只待綠蔭芳樹合，蕊珠如火一時開。」石榴，並非是中國本土原生的植物，原產於古波斯一帶（今伊朗、阿富汗等地）。據說直到今天中亞、西亞地區的山上尚有大片的野生石榴林。

石榴傳入中國，是漢張騫出使西域時帶回來的。元稹有〈感石榴二十韻〉一詩道：

何年安石國，萬里貢榴花。迢遞河源道，因依漢使槎。

酸辛犯蔥嶺，憔悴涉龍沙。初到摽珍木，多來比亂麻……

南宋詩人王義山也有詩道：「不因博望來西域，安得名花出安石」，博望，即博望侯張騫。這兩首詩都明確道出石榴是從當時的「安石國」傳來的，所以石榴也叫作安石榴。在三國時曹植的詩裡就出現過石榴的影子：「石榴植前庭。綠葉搖縹青。丹華灼烈烈。璀彩有光榮。」

但是要注意，唐詩中出現「石榴」二字，並非都是指我們現在所說的石榴。

其中稱為「海石榴」的，是指茶花，比如唐代方干〈海石榴〉詩：「亭際夭妍日日看，每朝顏色一般般。滿枝猶待春風力，數朵先欺臘雪寒」，這分明就是詠茶花，和五月的石榴花不沾邊。

又有稱為「山石榴」的，則是指杜鵑花，像白居易詩中就注明過：「山石榴，一名山躑躅，一名杜鵑花。」所以，古詩詞中前面冠上「山」「海」的都不是我們現在所說的石榴。

§ 石榴半吐紅巾蹙 §

石榴顏色如火，元好問的二叔父元格有詩說：「庭中忽見安石榴，嘆息花中有真色。」元代張弘範也有這樣一首詩：

猩紅敢教染絳囊，綠雲堆裡潤生香。遊蜂錯認枝頭火，忙駕熏風過短牆。

這個張弘範，文武雙全，可惜雖為漢人後代，卻協助蒙古人最終滅掉了南宋，在崖山刻下「鎮國大將軍張弘範滅宋於此」，留下非議多多。不過他這首小詩卻也饒有趣味，說是蜂蝶們看到石榴花這樣紅豔，誤以為是火，嚇得不敢靠近了。

蘇東坡似乎對石榴花非常喜愛，他有兩首非常有名的詞，都提到了石榴花。先看一首描寫初夏時石榴花開的詞：

阮郎歸．初夏

綠槐高柳咽新蟬，薰風初入弦。碧紗窗下水沉煙，棋聲驚晝眠。
微雨過，小荷翻，榴花開欲然。玉盆纖手弄清泉，瓊珠碎卻圓。

我們看蘇軾也不單是「銅琵琶，鐵棹板」的風格，像這首詞，倩十七八女郎，執紅牙板而歌有何不可？要不說蘇軾是個大才子，筆下情致，就是不一樣。像「微雨過，小荷翻，榴花開欲然（『然』同『燃』）」，似不著力，卻道出初夏時最動人的風景。

蘇軾還有一首詞，也非常有名，即下面這首〈賀新郎〉：

乳燕飛華屋，悄無人、桐陰轉午，晚涼新浴。手弄生綃白團扇，扇手一時似玉。漸困倚、孤眠清熟。簾外誰來推繡戶？枉教人夢斷瑤台曲。又卻是、風敲竹。

石榴半吐紅巾蹙，待浮花浪蕊都盡，伴君幽獨。穠豔一枝細看取，芳心千重似束。又恐被、西風驚綠。若待得君來向此，花前對酒不忍觸。共粉淚、兩簌簌。

這一首詞，也是屬於「有故事的」詞類。相傳蘇東坡任杭州太守時，在西湖飲宴，召官妓秀蘭唱曲侍宴，但這個秀蘭姍姍來遲，在座的官吏不少人想發怒責備她，秀蘭委屈地折一枝榴花請罪說，因天氣太熱，洗完澡後不覺睡過了。蘇東坡於是寫了這樣一首詞，命她吟唱，眾人也都轉怒為喜，不再計較了。

而有的人不同意上面的說法，如南宋的胡仔就說：「東坡此詞，冠絕古今，托意高遠，寧為一娼而發邪？」又有一個老儒叫項安世的搖頭晃腦地說：「蘇公『乳燕飛華屋』之詞，興寄最深，有〈離騷經〉之遺法。蓋以興君臣遇合之難，一篇之中，殆不止三致意焉。」

我最煩把愛情詩都拉上「君臣遇合」什麼的，項老頭的話不值一駁。但我覺得這首詞也不像是「一個妓女洗澡」所引發的。味詞中之意，從頭到尾，都是以一個女子的口吻來敘述於寂寞之中，苦苦思念離別的情人。陳鵠的《耆舊續聞》中說，看過東坡的原稿真跡，此詞是寫給一個叫榴花的侍妾。這種說法的可信度，倒是更大。

此詞中提到石榴的這一句「石榴半吐紅巾蹙，待浮花浪蕊都盡，伴君幽獨」，堪稱佳句。石榴開於初夏，此時春日裡喧囂一時的俗桃豔梨都不在了，而色如紅巾的石榴此刻卻默默地伴著孤獨的他。

就算全世界都背棄了你，記住至少還有我愛你。這就是石榴花一樣的女子。

§ 開時又不藉春風 §

石榴開在初夏，並非是人們爭先賞花的春季，因此石榴有時候也為人所忽略，不知不覺中，石榴就獨自開放，無人喝彩。

韓愈有詩：「五月榴花照眼明，枝間時見子初成。可憐此地無車馬，顛倒青苔落絳英。」此詩在《千家詩》中題為朱熹所作，但此詩在《全唐詩》三百四十三卷中有收錄，詩名為〈題張十一旅舍三詠．榴花〉。這是一組詩，與之相鄰的兩首分別寫「井」和「蒲萄」（即葡萄）。

當時，韓愈與張署（即張十一）同遭貶謫，這三首詩都是借物言志，抒發心中的鬱悶心情。所以這首詩應為韓愈所作的可能性更大，不像是道學先生朱熹的風格。

在文人筆記、民間傳說中，石榴也是非常桀驁不馴、個性鮮明的。唐代鄭還古的《博異志》中寫桃、李等花神都怕風神「封十八姨」，唯獨一個叫石醋醋的花神不怕，這個「石醋醋」就是石榴花神。馮夢龍的《醒世恒言》中的「灌園叟晚逢仙女」，就改編自這一故事。裡面的石榴花神，叫阿措。

陸游有〈山店賣石榴取以薦酒〉一詩說：

山色蒼寒雲釀雪，旗亭據榻興悠哉！麴生正欲相料理，催喚風流措措來。

陳著有〈鷓鴣天〉一詞：

看了山中薜荔衣。手將安石種分移。花鮮絢日猩紅妒，葉密乘風翠羽飛。
新結子，綠垂枝。老來眼底轉多宜。牙齒不入甜時樣，醋醋何妨薦酒卮。

這裡面的「風流措措」「醋醋」，都是借指石榴，清代董俞〈二郎神・詠黃石榴花〉說：「緋衣阿醋，忽改做道家妝束。看滿額鵝黃，天然雅淡，絕勝猩紅鴨綠」，這「緋衣阿醋」即指紅色的石榴，這裡所寫的是黃石榴花，故形容成改作了道門中的黃衣裝束。

李商隱有詩「東風無力百花殘」，傳說中的「東君」「東風」（封十八姨）之類都很厲害，他們吹花開，吹花落，仿佛花朵們的老闆一樣掌握著她們的榮衰命運。但並非所有的百花都要仰其鼻息，像石榴就開於夏季，暮春風雨能吹落桃李等花，但卻奈何不了石榴半分，所以石榴花神還真不屑於低三下四地求那高傲的東風。

晚唐詩人子蘭有一首詩詠〈千葉石榴花〉：「一朵花開千葉紅，開時又不藉春風。」明代劉鉉有一首〈烏夜啼〉也說：

> 垂楊影裡殘紅，甚匆匆。只有榴花全不怨東風。
> 暮雨急，曉霞濕，綠玲瓏，比似茜裙初染一般同。

不借春風，不怨東風，我就喜歡石榴這種性格。她不去湊蜂蝶正鬧、百花爭媚時的那種熱鬧。她不卑不亢、不慕不怨，在最清淡的花期中開出奪目的紅豔來，那是女兒家最喜歡的石榴裙的顏色。

明代才女黃峨是才子楊慎的夫人。他們新婚時，住在一個叫榴閣的所在，之所以名為「榴閣」，就是因為庭院中栽種了幾株石榴樹。黃峨寫有〈庭榴〉一詩：

移來西域種多奇，檻外緋花掩映時。不為秋深能結實，肯於夏半爛生姿。
翻嫌桃李開何早，獨秉靈根放故遲。朵朵如霞明照眼，晚涼相對更相宜。

「翻嫌桃李開何早，獨秉靈根放故遲」，榴花雖然沒有爭先而放，卻有其獨特的風格和靈性。這兩句其實話裡有話，因為黃峨比楊慎小十歲，是楊慎續弦的妻子，這幾句明顯有以榴花自喻的感覺。雖然黃峨和楊慎沒有成為結髮夫妻，但正像遲到的榴花一樣，他們琴瑟諧好，是堪稱佳話的一對才子佳人，「朵朵如霞明照眼，晚涼相對更相宜」。

§ 嚼破水晶千萬粒 §

宋人王義山有〈石榴〉一詩說：「榴枝婀娜榴實繁，榴膜輕明榴子鮮。」石榴的果實非常獨特，其他水果似乎真還難找出類似的。潘岳〈安石榴賦〉中說：「千房同膜，千子如一，禦饑療渴，解醒止醉。」由於石榴中含有很多晶瑩的小籽，所以被視為多子之兆。古人一般都信奉多子多福，石榴也成為一種吉祥的圖案。

直到現在民間婚俗中，有些地方還有在新房中放上石榴的習慣，並且還要剝開果皮露出粒粒石榴籽，以體現出「多子」的象徵意義來。器具、被子上的傳統圖案也有「榴開百子」之類。

晚唐詩人皮日休有一首〈石榴歌〉寫石榴果實的樣子十分生動：

蟬噪秋枝槐葉黃，石榴香老愁寒霜。流霞色染紫罌粟，黃蠟紙裹紅瓠房。
玉刻冰壺含露濕，斕斑似帶湘娥泣。蕭娘初嫁嗜甘酸，嚼破水晶千萬粒。

「嚼破水晶千萬粒」，寫出了石榴的特色，後來楊萬里所寫的「霧縠作房珠作骨，水晶為粒玉為漿」應該是借鑑皮日休這句而來。

李商隱著名的無題詩有一首是這樣寫的：

鳳尾香羅薄幾重，碧文圓頂夜深縫。扇裁月魄羞難掩，車走雷聲語未通。
曾是寂寥金燼暗，斷無消息石榴紅。斑騅只繫垂楊岸，何處西南待好風？

春光已逝，石榴花紅。留下幾多感慨！

六月 花令

茉莉來賓

菡萏為蓮

十六、茉莉
天姿如麗人

茉莉花開於炎炎夏日，而且在百花之中，香氣尤為純正怡人。茉莉、蘭花、桂花並稱為「三大香祖」，宋代詩人江奎則倍贊茉莉花，誇其「盈白如珠，幽香襲人」，並賦詩道：「他年我若修花史，列作人間第一香。」著名的民歌〈茉莉花〉一曲中也唱道：「好一朵美麗的茉莉花，滿園裡花開，香也香不過她」。

宋代詩人劉克莊有詩說：「一卉能熏一室香」，確實如此，我家只有一小盆茉莉花，但夏日黃昏時分，那一朵小小的白花悄悄綻放後，滿庭都是那沁人心脾的馨香。不禁令人想起清代劉灝詩中所說的意境：「茉莉開時香滿枝，鈿花狼藉玉參差。茗杯初歇香煙燼，此味黃昏我獨知。」

§ 遠從佛國到中華 §

茉莉大概從漢代時傳入中國，有一種說法是從印度傳入的。宋代王十朋有詩：

沒利名佳花亦佳，遠從佛國到中華。老來恥逐蠅頭利，故向禪房覓此花。

這裡王十朋把茉莉寫成「沒利」，把她當作佛家勸人放棄名利的一種花，所以才有「老來恥逐蠅頭利，故向禪房覓此花」之說。據說香港和東南亞等地，有些商人就不喜歡茉莉花和梅花，因為「茉莉」與「沒利」諧音，梅花的「梅」與倒楣的「楣」同音。

其實「茉莉」是由梵文malliks音譯而來，所以曾有多種寫法，除了「沒利」外，還有人寫成「末利」「抹利」「抹厲」「末麗」「抹麗」等等，李時珍在《本草綱目》中說：「蓋末利本胡語，無正字，隨人會意而已。」正像「阿拉伯」有人寫成「阿剌伯」一樣。

然而，李時珍的《本草綱目》中還說：「茉莉原出波斯，移植南海，今滇、廣人栽蒔之。」茉莉的原產地又成了古波斯（現伊朗一帶）了。晉代嵇含《南方草木狀》中也說：「那悉茗花與茉莉花，皆胡人自西域移植南海，南人憐其芳香，竟植之。」

事實上，物種文化的傳播可能有多條途徑，印度和波斯這兩個地方有可能都是傳播源。

§ 玉骨冰肌耐暑天 §

清代陳學洙有〈茉莉〉一詩道：

玉骨冰肌耐暑天，移根遠自過江船。山塘日日花城市，園客家家雪滿田。
新浴最宜纖手摘，半開偏得美人憐。銀床夢醒香何處，只在釵橫髻髮邊。

茉莉開於炎炎盛夏，也正當少花的季節。宋人鄭剛中〈茉莉〉詩中說：「茉莉抱何性，犯此炎暑酷。」說來也是，天氣太熱的時候，百花之中，除了石榴、蓮花等幾種花卉外，也很少有大熱天盛開的。於是宋代詞人姚述堯有詞〈行香子．茉莉花〉道：

天賦仙姿，玉骨冰肌。向炎威，獨逞芳菲。
輕盈雅淡，初出香閨。是水宮仙，月宮子，漢宮妃。
清誇苫卜，韻勝酴醾。笑江梅，雪裡開遲。
香風輕度，翠葉柔枝。與王郎摘，美人戴，總相宜。

這裡力贊茉莉「向炎威，獨逞芳菲」的品格，誇其是「水宮仙、月宮子、漢宮妃」。同樣宋代詞人史浩也有一首類似的詞〈洞仙歌・茉莉花〉寫茉莉，誇她勝過夏日裡的石榴、荼蘼等花：

瓊肌太白，淺著鵝黃罩。金縷檀心更天巧。
算同時、雖有似火紅榴，爭比得、淡妝伊家輕妙。
興來清賞處，無限真香，可惜生教生閩嶠。
這消息、縱使移向蒸沉，終不似憑欄，披襟一笑。
若歸去長安詫標容，單道勝、酴醿水仙風貌。

茉莉花開如雪，宋人施嶽有詞道：「玉宇薰風，寶階明月，翠叢萬點晴雪。煉霜不就，散廣寒霏屑。」所以在夏夜時玩賞，大有清心祛暑之效。劉克莊有詩說：「一卉能熏一室香，炎天猶覺玉肌涼」；又有詞道：「老圃獻花來，異域移根至。相對炎官火傘中，便有清涼意。」宋人許棐〈茉莉花〉詩中也說：「荔枝鄉裡玲瓏雪，來助長安一夏涼」；還有宋代許雪野的〈茉莉〉詩：「自是天上冰雪種，占盡人間富貴香。不煩鼻觀偷馥郁，能使心地俱清涼。」

《武林舊事》卷三載，宋孝宗納涼的翠寒堂等地，就放有茉莉花數百盆，「鼓以風輪，清芬滿殿」，看來南宋偏安之帝也挺會享福的。當然，這也並不算太過奢侈，茉莉並不是太過嬌氣的花，尋常百姓種上幾盆茉莉，一樣能感受到她的清香。

§ 花向美人頭上開 §

茉莉花屬於小型花朵，遠不如牡丹、山茶之類碩大奪目。但小有小的好處，就是非常適宜插在鬢髮上做妝飾。雖然唐代也流行過簪牡丹花，但後世人喜歡的是李香君那樣的小扇墜兒式的美女，「碩大而儼」的唐代美人頭上戴朵牡丹還說得過去，「小扇墜兒式」的玲瓏美人戴上不免滑稽可笑，有頭重腳輕的感覺。

而茉莉花，嬌小輕柔，暗香馥郁，恰恰是最理想的。

宋代楊巽齋有〈茉莉〉一詩：

麝腦龍涎韻不作，熏風移種自南州。誰家浴罷臨妝女，愛把閒花插滿頭。

清代畫家王士祿有〈茉莉花〉詩說：

冰雪為容玉作胎，柔情合傍瑣窗開。香從清夢回時覺，花向美人頭上開。

李漁在《閒情偶寄》中感嘆道：「茉莉一花，單為助妝而設，其天生以媚婦人者乎？」他說，別的花都是白晝開，茉莉卻晚上開，別的花蒂上無孔，唯獨茉莉有孔，恰好能插在髮簪上。

當然，茉莉花也略有一點點美中不足，那就是她的花以白色最為常見，雖然也曾記載過有紅色、黃色、綠色的茉莉，但畢竟極為罕見。

大才子唐伯虎有詩：

春困無端壓黛眉，梳成松鬢出簾遲。手拈茉莉猩紅染，欲插逢人問可宜？

這裡寫一個女子拈了一朵用紅顏色染就的茉莉花，問人家插到頭上好看不？有人將此處的茉莉當作紅茉莉，恐怕不見得，「手拈茉莉猩紅染」，這個茉莉上的紅色分明是手工染成，該女子可能是怕插白花不喜慶才動手染紅的。

然而，這一點點小問題，絲毫沒有影響女子們對茉莉花的熱情，單是茉莉花那怡人的香氣就征服了一切。

《浮生六記》中沈三白和芸娘這對恩愛夫妻也曾討論過茉莉花：

（沈三白）覺其（芸娘）鬢邊茉莉濃香撲鼻，因拍其背，以他詞解之曰：「想古人以茉莉形色如珠，故供助妝壓鬢，不知此花必沾油頭粉面之氣，其香更可愛，所供佛手當退三舍矣。」芸乃止笑曰：「佛手乃香中君子，只在有意無意間；茉莉是香中小人，故須借人之勢，其香也如脅肩諂笑。」余曰：「卿何遠君子而近小人？」芸曰：「我笑君子愛小人耳。」

後來他們夫妻倆就將茉莉戲稱之為：「香中小人」，文中又寫三白夫婦和船家女素雲飲於萬年橋舟中：「時四鬢所簪茉莉，為酒氣所蒸，雜以粉汗油香，芳馨透鼻，余戲曰『小人臭味充滿船頭，令人作惡』。」

其實從他們夫妻的言語中可以看出，稱茉莉為「小人香」，並非是對茉莉有什麼惡意，更多是對茉莉的親切狎昵之情，一如他們夫婦間的打情罵俏。

清人徐灼有〈茉莉花〉一詩：

酒闌嬌惰抱琵琶，茉莉新堆兩鬢鴉。消受香風在良夜，枕邊俱是助情花。

余懷的《板橋雜記》中曾寫道：

裙屐少年，油頭半臂，至日亭午，則提籃挈榼，高聲唱賣逼汗草、茉莉花，嬌婢捲簾，攤錢爭買，捉膀撩胸，紛紜笑謔。頃之，烏雲堆雪，竟體芳香矣。蓋此花苞於日中，開於枕上，真媚夜之淫葩，殢人之妖草也。

從這裡看出來，茉莉花可以讓美人們遍體芬芳，添得幾多閨房之樂。所以在清代那種保守古板的思維下，沈三白和芸娘把茉莉稱為「香中小人」還是有道理的。有道是「床下君子，床上小人」也。

「香中小人」也罷，余懷所稱的「淫葩」「妖草」也罷，其實都無損茉莉花的芳名，電視劇《聊齋》中曾有一句歌詞：「牛鬼蛇神倒比正人君子更可愛」，花又何嘗不是如此？我們就是喜歡全身心地感受茉莉的芬芳，有什麼不可以？

名花傾國，歷來相歡相伴。宋人鄭剛中寫詩道：「茉莉天姿如麗人，肌理細膩骨肉勻」，柳永有〈滿庭芳．茉莉花〉一詞，半寫美女半寫茉莉，香花美人，渾為一體：

環佩青衣，盈盈素靨，臨風無限清幽。出塵標格，和月最溫柔。
堪愛芳懷淡雅，縱離別，未肯銜愁。浸沉水，多情化作，杯底暗香流。
凝眸，猶記得，菱花鏡裡，綠鬢梢頭。勝冰雪聰明，知己誰求？
馥郁詩心長繫，聽古韻，一曲相酬。歌聲遠，餘香繞枕，吹夢下揚州。

潔白清香的茉莉花正像江南的美少女一樣美麗。

十七、映日荷花別樣紅

荷花，又名蓮花，又有芙蓉、芙渠、菡萏等多種別稱。李時珍《本草綱目》解釋說：「蓮莖上負荷葉，葉上負荷花，故名。」大概是覺得荷花和荷葉都特別大，被細細的莖托著，像是很費力的樣子，所以取名為「荷花」。這個名字既不優雅，也不浪漫，太平常了。

至於芙蓉，《爾雅》上解釋道：「芙蓉之含敷蒲也。」看不懂，李時珍解釋說，芙蓉就是「敷布容豔之意」，也就是到處顯擺自己長得漂亮。

「芙蓉」這個本來怪好的詞兒，卻被芙蓉姐姐惡搞得不成樣子，以至於我重讀《紅樓夢》六十三回「群芳開夜宴」，看到林妹妹抽了個簽，上面畫著芙蓉花，眾人笑說：「這個好極，除了她，別人不配作芙蓉」時，直接笑倒。

中國人很早就喜歡和種植荷花，一九七三年在浙江餘姚縣距今七千年前的「河姆渡文化」遺址中，就發現有荷花的花粉化石；同年又在鄭州市距今五千多年前的「仰韶文化」遺址中發現兩粒炭化蓮子。《周書》中載：「藪澤已竭，既蓮掘藕」，《詩經》中也有「山有扶蘇，隰與荷花」「彼澤之陂，有蒲有荷」等詩句，這一切都證明了荷花是自古就有的，並非像有些人說的那樣，是從印度傳來的。說來也是，荷花生命力極強，從南國到北方，只要有足夠的水域，就能茁壯地生長，而且花能觀賞，葉能裹物，蓮藕可食，可謂渾身是寶，有什麼道理不喜歡她呢？

清代李漁有一篇文章說得很好：

群葩當令時，只在花開之數日……芙蕖則不然。自荷錢出水之日，便為點綴綠波……有風既作飄搖之態，無風亦呈嫋娜之姿，是我於花之未開，先享無窮逸致矣。迨至菡萏成花，嬌嬌欲滴，後先相繼，自夏徂秋……復蒂下生蓬，蓬中結實，亭亭獨立，猶似未開之花，與翠葉並擎……此皆言其可目也。

可鼻則有荷葉之清香，荷花之異馥，避暑而暑為之退，納涼而涼逐之者生。至其可人之口者，則蓮實與藕，皆並列盤餐，而互芬齒頰者也。只有霜中敗葉，零落難堪，似成棄物矣，乃摘而藏之，又備經年裹物之用。

李漁在這裡說一般的花也就開上幾天，其他的時間沒有什麼價值，而荷花則不然，「小荷才露尖尖角」時[10]，就十分惹人喜愛，開了花後嬌豔欲滴的風姿自不必說，且花期又長，從夏到秋幾個月都盛開不敗，就算是花落了結了蓮蓬，也「亭亭獨立」，別有情致。李漁和李商隱的審美情趣迥異，李商隱說：「留得枯荷聽雨聲」，李漁卻說：「霜中敗葉，零落難堪，似成棄物矣。」

以上是荷花的觀賞價值，接著李漁又說可鼻可口之處，荷葉、荷花送香而來，蓮子、白藕則是盤中佳餚，就算是前面被李漁討厭的枯荷之葉，也可以用來包東西用，比塑膠袋要環保。

李漁在文章最後這樣總結：

是芙蕖也者，無一時一刻，不實耳目之觀；無一物一絲，不備家常之用者也。有五穀之實，而不有其名；兼百花之長，而各去其短。種植之利，有大於此者乎？

確實，從古至今，一提起荷花，幾乎沒有人不喜歡，歷朝歷代詠荷寫荷的詩詞也是多不勝數。在古詩詞中，牡丹往往像個雍容性感的貴婦，梅花則像是剛而有節的烈女，而荷花呢？簡直是個演技派的明星，她可以變身為多重角色，實在令人嘖嘖稱奇。

§ 小家碧玉：若耶溪傍採蓮女 §

「江南可採蓮，蓮葉何田田」，在荷花盛開的水鄉裡，總少不了採蓮姑娘的身影，劉方平的〈採蓮曲〉中道：「落日清江裡，荊歌豔楚腰。採蓮從小慣，十五即乘潮」，王維也寫道：「日日採蓮去，洲長多暮歸。開篙莫濺水，畏濕紅蓮衣。」

唐代的李康成，與劉長卿是同時代人，他的名氣並不大，但他這首〈採蓮曲〉卻寫出了採蓮女子的款款柔情和滿塘荷花的曼妙身姿：

採蓮去，月沒春江曙。翠鈿紅袖水中央，青荷蓮子雜衣香。
雲起風生歸路長。歸路長，那得久，各回船，兩搖手。

這裡說，採蓮女子泛舟水上，宛如一朵朵盛開的荷花一樣清新美麗，然而，在雲起風生的時候，她不得不和相愛的人兒分手，回家的歸路還遠，相逢的時光是那樣短暫，但無奈無奈，正好「各回船，兩搖手」，就這樣簡單地告別，留下永久的回憶。

不少詩人的筆下，荷花和舟上的少女是恍若一體的，如王昌齡的〈採蓮曲〉中就寫道：「荷葉羅裙一色裁，芙蓉向臉兩邊開。亂入池中看不見，聞歌始覺有人來」；李白也寫道：「若耶溪傍採蓮女，

笑摘荷花共人語。日照新妝水底明，風飄香袂空中舉……」

這種手法被金庸金大俠學了去，《天龍八部》裡，阿碧姑娘出場時的布景就是這樣的：

湖面綠波上飄來一葉小舟，一個綠衫少女手執雙槳，緩緩划水而來，口中唱著小曲，聽那曲子是：「菡萏香連十頃陂，小姑貪戲採蓮遲。晚來弄水船頭濕，更脫紅裙裹鴨兒。」歌聲嬌柔無邪，歡悅動心。

阿碧所唱的詩句是晚唐皇甫松的，同樣表現了採蓮女兒們嬌憨可愛的情懷。

有趣的是，有些採蓮姑娘有心和荷花比一比誰更漂亮，正像王昌齡的一首詩中所說：

越女作桂舟，還將桂為楫。湖上水渺漫，清江不可涉。

摘取芙蓉花，莫摘芙蓉葉。將歸問夫婿，顏色何如妾。

「將歸問夫婿，顏色何如妾」，詩中的「越女」倒是自信滿滿，確實，鍾靈毓秀的她正像「清水出芙蓉，天然去雕飾」[11]的荷花一樣純真可愛。

§苦情女子：蓮心知為誰苦§

蓮，可以諧音「憐」，荷，可以諧音「合」，藕，可以諧音「偶」，而藕斷有絲，可以諧音「思」，說來說去，荷花總離不開男女情愛。

蘇軾有一首回文體的〈菩薩蠻〉，其中道：「手紅冰碗藕，藕碗冰紅手。郎笑藕絲長，長絲藕笑郎。」就是借鑑了民歌中的這種手法。辛棄疾詞中也說：「紅粉靚梳妝，翠蓋低風雨。占斷人間六月涼，期月鴛鴦浦。根底藕絲長，花裡蓮心苦。只為風流有許愁，更襯佳人步。」連素以豪放著稱的蘇辛，都變得情絲繾綣起來，可見蓮花的魅力。

傳誦千載的〈西洲曲〉讀來依然令人怦然心動：

開門郎不至，出門采紅蓮。采蓮南塘秋，蓮花過人頭。
低頭弄蓮子，蓮子青如水。置蓮懷袖中，蓮心徹底紅。
憶郎郎不至，仰首望飛鴻……

要知道，蓮心是苦的，無情不似多情苦。清代嫁給一不識字的村漢後，受折磨而死的才女賀雙卿曾寫道：「蓮子有心秋正苦」，又有詩道：「菱芡爭欺菡萏貧」。《紅樓夢》中也有詩：「池塘一夜秋風冷，吹散芰荷紅玉影。」此時的荷花，更像是一位悲情女子。

元好問有一首詞，名為〈摸魚兒〉，以蓮為喻，寫出天下苦情兒女的心聲：

問蓮根、有絲多少？蓮心知為誰苦。
雙花脈脈嬌相向，只是舊家兒女。
天已許，甚不教、白頭生死鴛鴦浦。
夕陽無語。算謝客煙中，湘妃江上，未是斷腸處。
香奩夢，好在靈芝瑞露。人間俯仰今古。
海枯石爛情緣在，幽恨不埋黃土。
相思樹，流年度，無端又被西風誤。
蘭舟少住。怕載酒重來，紅衣半落，狼藉臥風雨。

這首詞前面有一篇小序文說：「泰和中，大名民家小兒女，有以私情不如意赴水者，官為蹤跡之，無見也。其後踏藕者得見二屍水中，衣服仍可驗，其事乃白。是歲此陂荷花開，無不並蒂者。」

於是，這些受封建禮教迫害，生前不得為偶的癡男怨女，死後的精魂化作了一朵朵的並蒂蓮花，「古今情不盡，風月債難酬」[12]，我想，如果有人問蓮根有絲多少？蓮心有苦多少？只有那些為愛所困、為情所苦的人們才能知曉。

然而，他們不悔，只為那心中一朵盛開的蓮花。

§ 絕代佳人：臉膩香熏似有情 §

「朝為越溪女，暮作吳宮妃。」[13]正如江邊的浣紗女施夷光，一入館娃宮就成為傾倒眾生的王妃西施一樣，荷花在不少詩人的生花妙筆下，也一躍成為驚豔佳人。

李白有詩：「魏都接燕趙，美女誇芙蓉」，白居易也有詩：「芙蓉如面柳如眉」。荷花的風姿，絕對配得上歷代那些傾國傾城的美人。當然了，不但比喻美女用得上荷花，就連美男也可以用蓮花來形容，不見唐代武則天時的「兩腳狐」宰相楊再思那句精緻的馬屁：「蓮花似六郎（武則天男寵張昌宗）」。

吳越之地，是江南水鄉，自然隨處可見荷花映日，碧葉連天，所以，將生長於吳越之地的大美人西施比作荷花，是十分順理成章的事情，皮日休詠白蓮詩中說：「吳王台下開多少，遙似西施上素妝。」元代胡祗遹〈水調歌頭．賞白蓮招飲〉也這樣寫道：

妖嬈壓紅紫，來賞玉湖秋。亭亭水花凝佇，萬解冷香浮。
初訝西風靜婉，又似五湖西子，相對更風流。翠澗寶釵滑，重整玉搔頭。

相傳西施是非常喜愛荷花的，未入吳宮前的西施，不單在江邊浣紗，也時常身入荷花蕩中採蓮，李白有詩道：「鏡湖三百里，菡萏發荷花，五月西施採，人看隘若耶。同舟不待月。歸去越王家。」就是說西施採蓮時，人們擠著看，連若耶溪都交通堵塞了。

據說吳王夫差知道西施愛蓮，便在太湖之濱的離宮裡修了「玖花池」，移種野生紅蓮，開栽荷花供觀賞之首例。趙義夫的詞中說：「望紅渠影裡，冉冉斜陽……尚憶得西施，餘情裊裊煙水汀」。有人傳說，吳亡後西施被沉於湖中而死，「腸斷吳王宮外水，濁泥猶得葬西施」[14]，所以那一朵朵生於污泥之中，卻美若仙子的荷花，正像是西子的精魂所化。

也有人將荷花比作「四大美女」中的另一位：楊玉環。宋代呂同老的〈水龍吟．白蓮〉中寫道：「素肌不汙天真，曉來玉立瑤池裡。亭亭翠蓋，盈盈素靨，時妝淨洗。太液波翻，霓裳舞罷，斷魂流水……」從「霓裳舞罷」之類的語句看，這是將荷花比作楊貴妃了。

其實，呂同老這裡也是拾人牙慧，且不說唐崔櫓曾在〈殘蓮花〉一詩中寫過「倚風無力減香時，涵露如啼臥翠池。金谷樓前馬嵬下，世間殊色一般悲」，唐明皇李隆基和楊貴妃當年打情罵俏時，

就早已把荷花叫作「玉環」了，在荷花的眾多別名裡，就有「玉環」一名。來歷見《開元天寶遺事》中所載：

明皇秋八月，太液池有千葉白蓮，數枝盛開。帝與貴戚宴賞焉，左右皆嘆羨。久之，帝指貴妃，示於左右曰：「爭如我解語花。」

這裡說，宮裡觀賞蓮花時，唐明皇當著眾多皇親貴戚的面，手指楊貴妃對左右說：「千葉白蓮又怎能比得上我解語花一樣的愛妃呢？」由此，後人也反過來用楊妃的名字「玉環」雅稱荷花。

《西京雜記》說：「文君姣好，眉色如望遠山，臉際常若芙蓉，肌膚柔滑如脂。」這裡是把卓文君比作荷花，而反過來將荷花再比成文君的也有不少，如隋代辛德源所寫〈芙蓉花〉：

洛神挺凝素，文君拂豔紅。麗質徒相比，鮮彩兩難同。
光臨照波日，香隨出岸風。涉江良自遠，托意在無窮。

詩中還同時將荷花比成洛神，溫庭筠也有同樣的比喻：

綠塘搖灩接星津，軋軋蘭橈入白蘋。應為洛神波上襪，至今蓮蕊有香塵。

唐代郭震則又將荷花比喻成湘妃：

臉膩香熏似有情，世間何物比輕盈。湘妃雨後來池看，碧玉盤中弄水晶。

其他還有將荷花比成大喬、小喬等美女的，這裡就不一一列舉了。

§仙佛之寶：蓮葉舟中太乙仙§

道家崇尚自然，而「清水出芙蓉，天然去雕飾」的荷花，就成為仙人仙女們手中常見的道具。「西上蓮花山，迢迢見明星。素手把芙蓉，虛步躡太清。霓裳曳廣帶，飄拂升天行……」李白詩中所描畫的這幅神女飛天圖中，最引人注目的就是芙蓉的形象了。

李白有詩誇讚一個出家的女道士：「吳江女道士，頭戴蓮花巾。霓衣不濕雨，特異陽臺雲……」可見，修道的女子，也用蓮花巾做頭上的裝飾。八仙之中的何仙姑，出場時也常常手持荷花，並有詩曰：「鳳凰雲母似天花，煉作芙蓉白雲芽」；民間繪圖時，有時用八仙手中的器物來代表，稱之為「暗八仙」，而代表何仙姑的正是一朵荷花，所謂「手執荷花不染塵」，用來代表修身養性。全真教主王重陽有一首七律，《射雕英雄傳》中曾引錄，還讓全真七子出場時分角色朗讀過，其中一聯道：「海棠亭下重陽子，蓮葉舟中太乙仙」。那「剔肉還母，剔骨還父」後的小哪吒，重生時也是借了蓮花化身。《紅樓夢》中，寶玉也是期盼著晴雯的精魂去做了「芙蓉花主」……

蓮花與佛教的關係也十分密切，塵世污濁，猶如淤泥，而向佛之人心性之大光明，正似出於污泥卻明豔盛開的蓮花。佛陀、菩薩們的標準姿態就是端坐在蓮花寶座之上，不少菩薩還或手執蓮花，或腳踏蓮花，或作蓮花手勢，或在拋灑蓮花。

佛座稱為「蓮台」，西方極樂世界稱為「蓮邦」。《阿彌陀經》描寫西方極樂世界時說：「極樂國土有七寶池，八功德水，池中蓮花大如車輪。」所以佛國亦稱「蓮花國」；佛教廟宇稱為「蓮剎」；釋迦牟尼的手稱為「蓮花手」；僧尼受戒稱「蓮花戒」；僧尼之袈裟稱「蓮花衣」，謂清淨無雜之義；五智中的妙觀察智稱為「蓮花智」；稱善於說法者為「舌上生蓮」；謂苦行而得樂為「歸宅生蓮」；東晉東林寺慧遠大師創立的最早的佛教結社稱為「蓮社」；佛教淨土宗主張以修行來達到西方的蓮花淨土，故又稱「蓮宗」。可以說蓮即是佛，佛即是蓮。

這在古詩中當然也有所體現，孟浩然有詩，名為〈題大禹寺義公禪房〉，寫一位大德高僧：

義公習禪處，結構依空林。戶外一峰秀，階前群壑深。

夕陽連雨足，空翠落庭陰。看取蓮花淨，應知不染心。

「看取蓮花淨，應知不染心」，後來成為流傳千古的名句，也代表了蓮花的佛家意象。

§ 花中君子：制芰荷以為衣兮 §

愛國詩人屈原曾在汨羅江頭高歌：「制芰荷以為衣兮，集芙蓉以為裳」，這應該是荷花清高形象的源流，當然，荷花「君子形象」的正式確立，還要歸功於宋代周敦頤所作的〈愛蓮說〉：

晉陶淵明獨愛菊；自李唐來，世人盛愛牡丹；予獨愛蓮之出淤泥而不染，濯清漣而不妖，中通外直，不蔓不枝，香遠益清，亭亭靜植，可遠觀而不可褻玩焉……菊，花之隱逸者也；牡丹，花之富貴者也；蓮，花之君子者也。

「出污泥而不染，濯清漣而不妖」和「富貴不能淫，貧賤不能移」之類的儒家君子之風，相去幾何？所以蓮花被譽為「花中君子」也算是名至實歸。

荷花獨生於水上，不和俗豔的桃李們為伍，不去趕在春意盎然的季節，勾引得蜂狂蝶亂。這副飄飄然若遺世獨立的高士之風，也讓眾多詩人為之折腰：

李白別號青蓮居士，他這首〈古風〉不啻是其自況：

碧荷生幽泉，朝日豔且鮮。秋花冒綠水，密葉羅青煙。
秀色空絕世，馨香竟誰傳。坐看飛霜滿，凋此紅芳年。
結根未得所，願托華池邊。

人跡罕至的幽泉之畔，一朵蓮花綻放，可惜無人觀賞。寂寞中，一生匆匆而過。這是無數懷才不遇的高士們的縮影。

晚唐時的寒士高蟾，「性倜儻離群，少尚氣節，人與千金無故，即身死不受」，但是晚唐時科舉已無公平可言，到處營私舞弊，高蟾反而落第。榜上無名的高蟾憤而寫了這樣一首詩：

下第後上永崇高侍郎

天上碧桃和露種，日邊紅杏倚雲栽。芙蓉生在秋江上，不向東風怨未開。

高蟾這裡用孤標傲世、不向東風乞憐獻媚的芙蓉來借喻堅持君子氣節的自己，實在是非常恰當，這也是此詩當時就聞名天下的主要原因。

凌波獨立的蓮花，在不少詩人的筆下，多少有著曲高和寡的寂寞，無情有恨的傷感，如晚唐陸龜蒙的〈白蓮〉詩：

素花多蒙別豔欺，此花端合在瑤池。無情有恨何人覺，月曉風清欲墮時。

白蓮有何恨？大概正如《論語》中所說的：「君子疾沒世而名不稱焉」，君子擔憂的是到離世的時候，自己的名字還不被人所知、為人稱頌啊。是啊，月曉風清之時，白蓮卻要墜落，結束她短短的一生，無人欣賞，為誰開，又為誰落？

據說百花的生日都是舊曆二月二十日，但唯一不同的就是荷花，荷花的生日是六月二十四日，這雖然都是沒有什麼根據的傳說，但是似乎也反映了荷花「舉世醉而我獨醒，舉世濁而我獨清」，擁有著孤高不群的氣質。清代才女方婉儀自號白蓮居士，恰好她的生日也是六月二十四，因此有詩：

冰簟疏簾小閣明，池邊風景最關情；淤泥不染清清水，我與荷花同日生。

曹植曾在〈芙蓉賦〉中贊荷花：「覽百卉之英茂，無斯華之獨靈」，荷花來作花中君子，是當之無愧的。

§　夢入芙蓉浦　§

《聊齋志異》中寫有一女子精通易容之術，可以妝扮成多種姿容，她「對鏡修妝，效飛燕舞風，又學楊妃帶醉。長短肥瘦，隨時變更；風情態度，對卷逼真」，扮誰就像誰，今天扮趙飛燕，明天扮楊貴妃，後天可能再扮西施、貂蟬什麼的，可把她男人宗喜樂壞了，他說：「吾得一美人，而千古之美人，皆在床闥矣！」

而百花之中，身兼多重角色，似有此術者，唯荷花而已。

南北朝時，北魏大將陳伯之，因梁朝丘遲修了一封極贊江南美景的招降書，就率兵八千人歸降。江南的魅力如斯，可慕可嘆。錢塘因「三秋桂子，十里荷花」而誘人，西湖因「接天蓮葉無窮碧，映日荷花別樣紅」而美麗。迷人的江南景色少不了這迷人的荷花。

最後，讓我們的心跟著周邦彥的一首詞，蕩入那荷風送香氣的芙蓉浦中：

燎沉香，消溽暑。鳥雀呼晴，侵曉窺簷語。葉上初陽乾宿雨。水面清圓，一一風荷舉。
故鄉遙，何日去？家住吳門，久作長安旅。五月漁郎相憶否？小楫輕舟，夢入芙蓉浦。

註

10 出自宋．楊萬里〈小池〉。

11 出自李白〈經亂離後天恩流夜郎憶舊遊書懷贈江夏韋太守良宰〉。

12 出自《紅樓夢》第五回：

（寶玉）忽見前面有一座石碑字橫建，上書「太虛幻境」四大字，兩邊一副對聯，乃是：「假作真時真亦假，無為有處有還無。」轉過牌坊便是一座宮門，上面橫書著四個大字，道是「孽海情天」。也有一副對聯，大書云：「厚地高天，堪嘆古今情不盡；痴男怨女，可憐風月債難酬。」寶玉看了，心下自思道：「原來如此。但不知何為古今之情？又何為風月之債？從今倒要領略領略。」寶玉只顧如此一想，不料早把些邪魔招入膏肓了。

13 出自唐．王維〈西施詠〉。

14 出自唐．李商隱〈景陽井〉。

七月花令

紫薇浸月

十八、月鉤初上
紫薇花

現在人們一提起紫薇，不禁會想起《還珠格格》裡端莊清麗、高貴嫻雅的紫薇格格，對紫薇這種花也多了幾分親慕之情。然而，紫薇在古時並不是特別為人所看重，袁宏道《瓶史》中就說：「石榴以紫薇、大紅、千葉、木槿為婢」，紫薇花的地位居然還不如石榴，落到給石榴當丫頭的份兒。不過話說回來，這也不稀奇，《還珠格格》裡的紫薇不也當了一回小燕子的丫頭嘛。

§ 薄薄嫩膚搔鳥爪 §

紫薇是一種花樹，樹身比較矮小，半喬木半灌木，北方有些地方叫紫薇樹為「猴刺脫」，是說紫薇年年自行脫皮，樹上的表皮脫落以後，樹幹新鮮而光嫩，因為磨擦係數實在太小，連猴子都爬不上去，故有此稱。但此名土得掉渣，實在難聽。

另外，還有把紫薇叫作「癢癢樹」的，因為只要人們輕輕撫摸一下紫薇樹，該樹就立即枝搖葉動，渾身顫抖，甚至會發出微弱的「咯咯」響聲，好像被人撓癢撓笑了一樣，甚是好玩，我覺得和含羞草有一比。但是比起「含羞草」的名字來，「癢癢樹」這個名字也不免太過俚俗了。

古詩人倒也大多知道這件事，宋代梅堯臣曾有詩曰：「禁中五月紫薇樹，閣後近聞都著花，薄薄嫩膚搔鳥爪，離離碎剪晨曦霞。」南宋詩人董嗣杲更是寫〈紫薇花〉道：

枝幹無皮癢有身，朱房翠戶演精神。星垣光射開花地，綸閣香侵視草臣。
肘肘紫蕤飛烈日，心心黃粟舞晴塵。何從借取麻姑爪，莫厭爬搔此樹頻。

真是莫名其妙，董嗣杲和人家紫薇花有何仇何怨，明知道人家怕撓癢，還要讓仙人麻姑那雙長爪子來撓人家，還得「莫厭爬搔此樹頻」，你想把人家撓癢撓到死啊？

看來不少詩人，見了人家紫薇樹，都想著上來撓一下，清代陳維崧〈定風波．紫薇花〉一詞中，就又提到了這檔子事：

一樹曈曨照畫梁，蓮衣相映鬥紅妝。
才試麻姑纖鳥爪，裊裊，無風嬌影自輕颺。
誰憑玉欄杆細語？爾汝。檀郎原是紫薇郎。
聞道花無紅百日，難得。笑他團扇怕秋涼。

周瘦鵑先生曾評這首詞說：「上半闋還不差，而下半闋來了個紫薇郎，就感到減色。」看來周先生也是喜歡開玩笑撓人家紫薇樹的人，我覺得下半闋也挺好啊，什麼「紫薇郎」啊，「欄杆細語」啊，如果有紫薇花仙的話，她肯定更喜歡這樣的情調。

接下來，我們就看一下「紫薇郎」這個掌故的由來。

§ 紫薇花對紫微郎 §

舊時把天上的恆星劃為紫禁垣、太微垣、天市垣這樣三個星區。其中紫微星垣大致相當於現今國際通用的小熊、大熊、天龍、獵犬、牧夫、武仙、仙王、仙後、英仙、鹿豹等星座。

紫微星就是北極星，北極星因為無論是一年四季哪一晚看，都出現在同一個位置（正北天空當中，高度角和當地緯度相同）。更因為北極星正對著地軸，所以看起來天上群星都繞著它旋轉。所以古人就把皇帝比喻為北極星，而紫微星垣所在的區域就比喻成天宮。由此，又將皇帝所居住的內城稱為紫禁城。

唐代實行三省六部制，其中中書省是制定政策的機構，權力很大，類似於我們現在的國務院。唐史中有「同中書門下平章事」名號的人，實際上就是宰相之職。中書省設在皇宮內，所以有段時間中書省也叫紫微省，中書令也稱為紫微令。

因為紫薇花名與「紫微」相似，所以唐代中書省的庭院中遍植紫薇。白居易曾做過中書舍人，相當於中書省機構中的一個小職員（正五品上下），在當時，也有夜間值班制度。

這天輪到白居易獨自在宮中值班，寂寞之餘，就寫下了〈紫薇花〉這樣一首詩：

絲綸閣下文書靜，鐘鼓樓中刻漏長。獨坐黃昏誰是伴？紫薇花對紫微郎。

「絲綸閣」，是撰擬朝廷詔令的地方，現在是夜晚了，當然都安靜下來。白居易獨坐黃昏，相對的只有紫薇花而已。因為中書省叫紫微省，所以白居易這個中書舍人就稱之為紫微郎了。

在宮裡宿直，是不可以帶家屬的，唐代開成年間曾有一個叫張黔牟的值班時帶了女人同宿，受到降職處分。白居易獨宿宮中，不免孤單寂寞。

但不同的人，心情也大不同，晚唐宰相鄭畋〈中秋月直禁苑〉一詩就這樣寫：

禁署方懷忝，綸闈已再加。暫來西掖路，還整上清槎。
恍惚歸丹地，深嚴宿絳霞。幽襟聊自適，閒弄紫薇花。

「幽襟聊自適，閒弄紫薇花」，鄭畋就一副怡然自得的心態，其實想想也很簡單，鄭畋做的是宰相，大權在握，位高已極，當然值班時更有責任心和使命感，而白居易本來就對「中書舍人」這個職位不滿意，值班時當然也就一肚子鬱悶。

而南宋詩人洪諮夔的工作熱情更是比白居易強得多，《千家詩》中有〈直玉堂作〉一詩：

禁門深鎖寂無譁，濃墨淋漓兩相麻。唱徹五更天未曉，一墀月浸紫薇花。

這裡洪諮夔寫自己連夜加班寫詔書，由於在天明之前就早早完成了皇帝交給的光榮任務，可以放輕鬆一下了。於是望著月下美麗的紫薇花，心情真是好愜意啊！

與之類似的還有周必大這首〈入直召對選德殿賜茶而退〉：

綠槐夾道集昏鴉，敕使傳宣坐賜茶。歸到玉堂清不寐，月鉤初上紫薇花。

這位周大人被皇帝叫到選德殿問了一會話，周大人的應答很合皇帝的心意，於是皇帝破例賜座賜茶，周必大這個興奮啊，回到翰林院樂得失眠了，瞪著眼看月下的紫薇花，興奮得一宿沒合眼。

《千家詩》中這兩首詩，今天看其實沒多大意思，洪、周二人，詩中一副奴才相，無非是感謝皇恩罷了。

§ 豈要移根上苑栽 §

紫薇花生命力很強，天南地北到處能生長，不是那種很嬌氣的花兒。所以紫薇花不會只有紫禁城中才能見到，然而，既然紫薇花沾著官氣，她淪落到民間時，有些詩人就有些耿耿了，比如陸游〈紫薇〉詩中就說：

鐘鼓樓前官樣花，誰令流落到天涯？少年妄想今除盡，但愛清樽浸晚霞。

陸游看到了生長在鄉野的紫薇花，正如白樂天潯陽江口遇到琵琶女一樣，大起同命相憐之感，他說紫薇本是朝廷內的「官樣花」，如今卻淪落在外。而陸游當時年紀已大，再也沒有希望進入朝廷最高權力機關為國效力了，最後只好發出借酒澆愁的感嘆。

詩人多落魄，像前面所舉的白居易、洪諮夔、周必大等能當中央官員的也是少數，楊萬里就發出這樣的感慨：

晴霞豔豔覆簷牙，絳雪霏霏點砌沙。莫管身非香案吏，也移床對紫薇花。

「莫管身非香案吏，也移床對紫薇花」，意思是說，雖然咱當不了國家最高行政機關的大官，但紫薇花還是能親近一下啊，咱買不起這幢豪宅在這照張相總可以吧，就有點這樣的意思。要不說楊萬里總是二流詩人，這氣度比李太白差著一大截哪，就他這猥猥瑣瑣學白居易「紫薇郎對紫薇花」的樣兒，一流大詩人的交椅上就沒他的位。

不少詩人都覺得紫薇花只有種在皇宮大內，才算得其所哉，比如劉禹錫在〈和令狐相公郡齋對紫薇花〉一詩中就說：

明麗碧天霞，豐茸紫綬花。香聞荀令宅，豔入孝王家。

幾歲自榮樂，高情方嘆嗟。有人移上苑，猶足占年華。

詩中先是稱讚紫薇花的美麗馨香，最後又感慨「有人移上苑，猶足占年華」，劉禹錫也覺得只有植於皇家花園中，才不算虛度紫薇花這一生。

然而，李商隱卻獨持異議。他覺得紫薇花生長在哪裡都有榮枯開謝，天涯海角，長在哪裡不一樣？於是他寫詩〈臨發崇讓宅紫薇〉道：

一樹濃姿獨看來，秋庭暮雨類輕埃。不先搖落應為有，已欲別離休更開。桃綬含情依露井，柳綿相憶隔章台。天涯地角同榮謝，豈要移根上苑栽。

「天涯地角同榮謝，豈要移根上苑栽」，說得非常好，生長在皇宮大內，成為「官樣花」，對紫薇來說，真的是幸運嗎？可能倒不如生在無人看管的野外，更能自由蓬勃地生長。

§ 紫薇長放半年花 §

紫薇花開時，正是百花謝盡，夏季已至時，白居易有詩：「獨佔芳菲當夏景，不將顏色托春風」，這時盛開的紫薇花給夏天增添了不少顏色。而且紫薇花期極長，可以從六月開至九月，正如明代薛蕙詩中所說：「紫薇花最久，爛熳十旬期，夏日逾秋序，新花續放枝。」楊萬里也有詩說：「似癡如醉弱還佳，露壓風欺分外斜。誰道花無百日紅，紫薇長放半年花。」因此，紫薇又有百日紅之稱。

杜牧有首〈紫薇花〉，得到不少評者讚賞：

曉迎秋露一枝新，不占園中最上春。桃李無言又何在，向風偏笑豔陽人。

杜牧雖然也做過中書舍人，是如假包換的紫薇郎，但此詩卻不沾「官氣」，小杜寫紫薇花不與群芳百卉爭春，而在桃李凋謝，綠肥紅稀之際獨放光華。隱隱有「國亂識忠臣」的意思，和小杜「東風不與周郎便」等詩所隱的意思是相同的。

紫薇適應性很強，花期又長，很值得種入庭院或綠地中當作園林花卉，紫薇花的枝條細軟、曲折、光潔，花朵卻繁盛如錦似霞。而且微風一來，花枝亂顫，正如《廣群芳譜》中所贊「舞燕驚鴻，未足為喻」，實在是很不錯，開春後我也要移一棵紫薇來。

有時候真希望回到古時，過晏殊這首〈清平樂〉裡的生活，一個幽靜的庭院，有梧桐、朱槿和紫薇陪著我度過那些適宜寫寫詩做做夢的日子：

金風細細。葉葉梧桐墜。綠酒初嘗人易醉。一枕小窗濃睡。

紫薇朱槿花殘，斜陽卻照欄杆。雙燕欲歸時節，銀屏昨夜微寒。

八月 花令

桂花香飄

十九、冷露無聲濕桂花

桂花，又稱為木犀、木樨，也是古詩中頻繁登場的名花。清人李漁在《閒情偶寄》中說：「秋花之香者，莫能如桂，樹乃月中之樹，香亦天上之香也。」

要說這桂花的香氣著實是濃烈馥郁，宋人張邦基在《墨莊漫錄》中曾說桂花是：「木而花大，香尤烈……清曉朔風，香來鼻觀，真天芬仙馥也。湖南呼九里香……」宋人鄧肅曾〈木犀〉詩中更是說：「清風一日來天闕，世上龍涎不敢香。」

「龍涎香」是什麼?那可是一種相當珍貴的香料。這龍涎香呈蠟狀，生成於抹香鯨的腸道中。而且從被直接打死的抹香鯨體內取出的龍涎香是沒有任何價值的，它必須在鯨死後，保留在海水中漂浮浸泡幾十年後才會有價值，好的龍涎香塊要在百年以上。龍涎香點燃後香氣持久不散，是極為珍貴的香料。

而在這裡，詩人竟然說桂花的香氣遠遠勝過「龍涎香」，雖然誇張，但桂花香氣不俗卻是事實。所以，桂花既可以用來窨茶，又是舊時女子們很重要的一種化妝品原料。《紅樓夢》中蔣玉菡行酒令時曾唱過：「女兒愁，無錢去打桂花油」，這桂花油正是從桂花中提取的，是過去女子梳頭時的必需品。用了桂花油，頭髮才能漆黑光亮，而且香氣馥郁。

§ 桂花吹斷月中香——桂花的雲外天香 §

雖然男有吳三桂，女有夏金桂，不男不女有賈桂和小桂子之類，把桂花的名譽弄得很不好，然而，在古詩詞中，桂花的形象卻絕對是非常偉大光明的。宋代趙長卿有詞：「看天闊、秋高露華清，見標緻風流，更無塵意。」

有道是「八月桂花香」，大多數桂花如「金桂」「銀桂」「丹桂」都是在秋天開花的，但王維的那首「人間桂花落，月靜春山空」，也不能算錯，因為有一種叫作「四季桂」的是長年開花，所以又名為「月月桂」或「日香桂」。

人們常見的桂花，還是多飄香於中秋之際，圓圓的明月映著金色的桂花，引起人們無盡的遐想。宋代張鎡有一首詞說：「初開數朵誰知得，卻又是、金風漏泄。吹起清芬，露成香露，月成香月。」

所以，人們居然幻想月亮中也會有棵桂樹，因此又有了吳剛和桂花樹的神話。這神話見於唐代段成式《酉陽雜俎．天咫》：「舊言月中有桂，有蟾蜍。故異書言月桂高五百丈，下有一人常斫之，樹創隨合。人姓吳名剛，西河人，學仙有過，謫令伐樹。」原來吳剛是犯了過錯的神仙，在月宮是被罰勞動來著。

白居易有詩：「遙知天上桂花孤，試問嫦娥更要無。月宮幸有閒田地，何不中央種兩株。」白居易這詩只惦念著嫦娥的孤單，卻把吳剛給忘了，一棵桂花樹就夠吳剛砍的了，再種一株，吳剛工作量不翻了一番？讀此詩時，可批以下五字：「吳剛定要惱」。當然了，吳剛屬一跑龍套的小配角，詩人們惦念著他的少，桂花和嫦娥才是主角。像錢謙益的〈後秋興〉詩中也只是可憐嫦娥的孤棲：「嫦娥老大無歸處，獨倚銀輪哭桂花。」

南朝沈約有詩「桂宮裊裊落桂枝，露寒淒淒凝白露」，每逢明月朗照的中秋，人們望著天上的明月，沉浸在桂花的香氣之中，仿佛那香氣是從月中飄下來的，宋之問有詩：「桂子雲中落，天香雲外飄」，而中秋時節，是不可以缺少桂花之香的。

唐代王建這首詩歷來被傳為佳作：

中庭地白樹棲鴉，冷露無聲濕桂花。今夜月明人盡望，不知秋思落誰家。

說來桂花似乎和中秋明月有一種靈犀相通的關係，中秋月正明之時，她就盛開，而隨著中秋之月漸漸清損，桂花也隨之凋落，宋代才女朱淑真有首詩說：「月待圓時花正好，花將殘後月還虧」，正是道出此情此景。

宋代韓子蒼詩曰：「月中有客曾分種，世上無花敢鬥香。」而楊萬里又有詩說：「不是人間種，移從月中來。廣寒香一點，吹得滿山開。」桂樹的身分因此相當的高，儼然成了「仙樹」，仿佛是月宮裡派下來的。《紅樓夢》中夏金桂學帝王們搞避諱的架子，曾命自己的丫頭稱桂樹為「嫦娥花」，雖然沒有叫開，人們也因反感夏金桂不願接受這樣的叫法。但也別說，宋代詞人中也有不少以嫦娥來形容桂花樹的：

伊洲三台．宋．趙師俠

桂華移自雲岩，更被靈砂染丹。清露濕酡顏。醉乘風、下臨世間。

素娥襟韻蕭閒，不與群芳並看。薌薌絳綃單。覺身輕、夢回廣寒。

§ 折桂一枝先許我——蟾宮折桂的喻意 §

在〈一枝紅杏出牆來〉篇中曾提到，古時的讀書人常以「何物動人，二月杏花八月桂」來激勵自己苦讀，正如現在我們學校大門上有大字標語「學習，財富蘊藏其中」一樣。舊時科舉考試的初級選拔「鄉試」，在金秋八月，也正是桂花飄香的時節。

所以人們將榜上有名者稱為「月中折桂」或「蟾宮折桂」。《紅樓夢》第九回中林黛玉聽說賈寶玉要上學了，就笑道：「好，這一去，可定是要蟾宮折桂去了。」林妹妹的語氣裡，半是諷刺，半是調侃。也難說，男人有錢就變壞，古時候，「折桂」之後就變壞的男人也不少。

唐代書生登第後，不少文人們去長安的平康里（妓院雲集之處）冶游，妓女對於這些「蟾宮折桂」的書生們也高看一眼。裴思謙登第後「以紅箋名紙謁平康」，一名妓女寫給他這樣一首詩：

贈裴思謙

銀釭斜背解明璫，小語偷聲賀玉郎。從此不知蘭麝貴，夜來新惹桂枝香。

觀詩中之意，這名青樓女子覺得能和這些「一登龍門，身價百倍」的才俊們春宵一度，倒似乎沾上了福氣香氣一般，「夜來新惹桂枝香」。

「攀桂」或「折桂」，都是古詩中常見的詞兒，也是無數讀書人心中夢寐以求的事情。唐代詩人暢當曾說：「又期攀桂後，來賞百花繁」，高中之後，再來賞玩，那才痛快啊！而那些「名場失手一年年，月桂嘗聞到手邊」[15]的落第書生們，也都把桂花當作吉祥物供著，「蟾宮折桂」的吉祥圖案和「杏林春燕」一樣，都是讀書人最喜歡的。蘇州耦園中有儲香館一處，此館庭中遍植桂樹，每至秋季桂花清香四溢。原為園主人子嗣讀書之所，以勉勵子孫勤奮學業，將來可以攀桂題名。

有些詩人當然不會這樣直白，畢竟有些俗嘛，像南宋楊萬里這首詩就寫得很好：

夢騎白鳳上青空，徑度銀河入月宮。身在廣寒香世界，覺來簾外木犀風。

詩句既狂放浪漫，又圖了個步月折桂的口彩，高，實在是高！

楊萬里二十來歲就中了進士，當然是春風得意，這首詩也寫得奔放如流，而困頓於科場的明代文徵明，其筆下的〈念奴嬌〉就低調得多，期盼祈禱之意更明顯一些：

桂花浮玉，正月滿天街，夜涼如洗。風泛鬚眉並骨寒，人在水晶宮裡。

蛟龍偃蹇，觀闕嵯峨，縹緲笙歌沸。霜華滿地，欲跨彩雲飛起。

記得去年今夕，釃酒溪亭，淡月雲來去。千里江山昨夢非，轉眼秋光如許。

青雀西來，嫦娥報我，道佳期近矣。寄言儔侶，莫負廣寒沉醉。

所謂「青雀西來，嫦娥報我，道佳期近矣」，正是暗含著期盼榜上有名之意，只可憐文徵明從二十六歲直考到五十三歲，九次應試，竟都榜上無名！

要說還是辛棄疾〈太常引〉的氣魄更大：「乘風好去，長空萬里，直下看山河。斫去桂婆娑，人道是清光更多！」辛棄疾想直接把月宮的桂樹砍了，讓明月更亮一些。不過月亮是亮了，可叫後來的讀書人怎麼攀宮折桂啊！不過別擔心，辛棄疾說的也是醉話，人家吳剛砍了千年都沒砍倒，辛棄疾掄一斧子就行？

§ 自是花中第一流 §

要說評一下百花誰高誰低，這事見仁見智，不好說，桂花排前十名絕對沒問題，但也不似冠軍相。其他如牡丹、梅花、荷花的實力都相當強。當然，宋人郭應祥曾道：「淵明有菊徑開三，不似此花雅淡。蘭蕙芬敷可並，芙蓉淺俗堪嫌」，一下子把菊和芙蓉都貶到桂花之下。而且，尤其值得一提的是，不知為什麼宋代的才女們也都非常推崇桂花。

一代才女李清照，對桂花那是格外偏愛，曾有一首詞〈鷓鴣天〉說：

暗淡輕黃體性柔，情疏跡遠只香留。何須淺碧深紅色，自是花中第一流。

梅定妒，菊應羞，畫欄開處冠中秋。騷人可煞無情思，何事當年不見收。

李清照詠花之作不少，但被她推崇為「花中第一流」的卻只有桂花而已。而且在桂花面前，李清照覺得連一向清高的「梅」和「菊」都要自慚形穢了。這並非是李清照「濃睡不消殘酒」後的一時衝動，她還有一首〈攤破浣溪沙〉，同樣是貶梅花尊桂花：

揉破黃金萬點輕，剪成碧玉葉層層。風度精神如彥輔，太鮮明。
梅蕊重重何俗甚，丁香千結苦粗生。熏透愁人千里夢，卻無情。

梅花都嫌俗，丁香太粗夯，桂花在這位絕世大才女的筆花映照下，實在是太離塵絕俗，不愧雲外天香之稱了。李清照還有一首非常著名的詞，也是〈攤破浣溪沙〉，敘述自己在老病之年，還是和桂花相依相憐：

病起蕭蕭兩鬢華，臥看殘月上窗紗。豆蔻連梢煎熟水，莫分茶。
枕上詩書閒處好，門前風景雨來佳，終日向人多醞藉，木犀花。

宋代另一著名才女朱淑真亦有詩曰：

彈壓西風擅眾芳，十分秋色為伊忙。一枝淡貯書窗下，人與花心各自香。

這桂花，看來的確不比尋常。桂花花期比較短，也是開落匆匆。李漁在《閒情偶寄》中提到過此事，並有〈惜桂〉詩云：

萬斛黃金碾作灰，西風一陣總吹來。早知三日都狼藉，何不留將次第開？

也許世間美好的事情，總是一瞬。然而，我們總會記起，曾經有桂花香暗飄過。

註

15 出自唐·方干〈題贈李校書〉。

九月 花令

菊有英

二十、菊花

須插滿頭歸

菊花，也是古典詩詞、傳統書畫中常見的名花。有道是「春蘭秋菊，各一時之秀也」。我寫此文時是陽曆十二月，院子中兩盆金黃的菊花仍舊綻開，然而，寒風中默默相對，總有一種淒涼憔悴的滋味。

秋天，是讓人感傷的季節，李商隱道：「夕陽無限好，只是近黃昏。」而秋天，在四季中，就如同是一天中的黃昏時節。萬木凋零，黃葉紛飛，寒氣砭骨，秋蟲哀鳴，這就是讓人心生悲涼的寒秋。然而，就在這樣的時候，菊花卻迎著寒霜盛開一地金黃，怎不叫人又喜又憐？

菊花盛開的時節正是晚秋，菊花的氣質，幽獨中透著傷感、清奇中掩著冷豔。元稹〈菊花〉一詩道：

秋絲繞舍似陶家，遍繞籬邊日漸斜。不是花中偏愛菊，此花開盡更無花。

我小時候讀此詩時，覺得元稹這句「此花開盡更無花」有些誇張，當時覺得，菊花開過後，不是還有梅花在冬天怒放嗎？元稹怎麼把梅花給忘了呢？現在才明白，原來在自然條件下，梅花在北方是不會於冬月裡開的（華北一般要二月份，且很難成活野生梅），只有江南四川等地才會有冬梅。對於北方人來說，賞過金黃的菊花後，確實就將面臨一個漫長而寥落的冬季。所以蘇軾也說：「便有佳名配黃菊，應緣霜後苦無花。」

§ 寧可抱香枝頭老——菊花的節操 §

陸游有〈晚菊〉一詩：「蒲柳如懦夫，望秋已凋黃。菊花如志士，這時有餘香……」其夫人唐婉也寫過「身寄東籬心傲霜，不與群紫競春芳。粉蝶輕薄休沾蕊，一枕黃花夜夜香」（唉，一對志同道合的夫妻卻生生被拆散，嘆一聲）。

眾所周知，秋菊耐霜，而且在黃葉紛紛飄落的時候，卻獨自緊抱枝頭，並不四散落地，所以有不少的詩人讚譽菊花的氣節：

土花能白又能紅，晚節猶能愛此工。寧可抱香枝頭老，不隨黃葉舞秋風。

這是宋代才女朱淑真所寫的一首非常有名的詠菊詩。「寧可抱香枝頭老，不隨黃葉舞秋風」這兩句，應該是脫胎於唐代吳履壘〈菊花〉詩中的「墮地良不忍，抱技寧自枯」，但是朱淑真才力卻高出一籌，她將「抱枝」改為「抱香」，並用菊花的「抱枝而老」，來比喻堅貞的節操，因此更有詩意，也更有深意。

宋末隱士鄭思肖，於宋亡之後，隱居吳下，自稱三外野人。坐時必南面而向，以示思念南宋之心。他終身不娶，浪遊無定跡，以自己無力恢復大宋為恥，所以他死前囑咐朋友為他寫一牌位：「大宋不忠不孝鄭思肖」。

他的文稿因涉及反抗蒙元的思想，當時無人敢傳閱。於是，他用鐵函封存好，沉入吳中承天寺的一口井中。直到明崇禎時方才為人發現。文稿就有「萬木搖落百草死，正色與秋爭光明」「背時獨立抱寂寞，心香貞烈透寥廓」等詠菊詩，他還有一首〈畫菊〉詩：

花開不並百花叢，獨立疏籬趣無窮。寧可抱香枝頭死，何曾吹落北風中。

鄭詩的後兩句，應該說是借用了朱淑真的詩句，但是絕非簡單的搬用，朱淑真是「枝頭老」（女人都怕老），鄭思肖卻改成「枝頭死」，更加悲愴慷慨，而「不隨黃葉舞秋風」，用了「黃葉」「舞」等字樣，淒婉中有靈動的感覺，確是才女的筆觸，但鄭思肖的「何曾吹落北風中」，用北風比喻占了漢家江山的蒙古人，十分貼切深刻，「何曾吹落」四字，也讀來鏗鏘有力，擲地作金石聲。

菊花的節操，也不僅僅是中土漢人們稱讚，遼國丞相李儼曾作〈黃菊賦〉獻於遼帝耶律洪基，耶律洪基也題詩稱讚菊花：

昨日得卿黃菊賦，碎剪金英填作句。袖中猶覺有餘香，冷落西風吹不去。

附帶說一下，菊花因品種的不同，並非全是「抱香枝頭」，有些菊花也會落滿一地金黃。因為這件事，相傳蘇軾和王安石還鬧過一段公案：

相傳有一天，蘇軾去拜訪王安石，王安石不在家。蘇軾閒坐無聊，見王安石的書桌上有一首詠菊詩，剛寫了兩句：「西風昨夜過園林，吹落黃花滿地金。」蘇東坡看了，大為不然，菊花傲霜，「隨你老來焦乾枯爛，並不落瓣」，安能像春花一樣灑落滿地？於是他便提筆續詩兩句：「秋花不比春花落，說與詩人仔細吟。」

王安石回來後，看了這兩句詩，決定用事實說話，教訓一下蘇東坡，於是把他貶為黃州團練副使。蘇東坡在黃州過重陽節時，連日大風，只見菊花紛紛落下，滿地鋪金，「枝上全無一朵」。這時他想起給王安石續詩的事來，不禁目瞪口呆，半晌無語，恍然悔悟到原來是自己少見多怪。

這段故事出於馮夢龍的《警世通言》第三卷，戲說的成分居多，但菊花因品種的不同，有的落瓣有的不落瓣卻是事實。李清照的「滿地黃花堆積」，想來也是落瓣的菊花。

§ 采菊東籬下，悠然見南山 —— 菊花的隱者形象 §

前面提過，宋代周敦頤曾稱菊花為「花之隱逸者」，確實，菊花的形象大多時候都像是一位獨守田園、超脫塵世的隱者。林黛玉「魁奪菊花詩」中的最醒目的句子就是：「孤標傲世偕誰隱，一樣花開為底遲。」

早在屈原的〈離騷〉中就寫道：「朝飲木蘭之墜露兮，夕餐秋菊之落英。」但菊花得以成為隱士形象代表的最大功臣，當屬陶淵明。所以李清照在詠白菊的〈多麗〉一詞中說：「屈平陶令，風韻正相宜。」林黛玉菊花詩也說：「一從陶令評章後，千古高風說到今。」

在陶隱士以前，其實菊花早已是不少知名人物筆下的「常客」，如漢武帝劉徹在〈秋山辭〉中就贊過：「蘭有馨兮菊有芳」，魏文帝曹丕也在〈與鐘繇九日送菊書〉中誇過菊花「含乾坤之純和，體芬芳之淑氣」，鐘會〈菊花賦〉中同樣贊道：「何秋菊之奇兮，獨華茂乎凝霜。」

然而，「文章千古事，得失寸心知」，帝王將相們的這些文字卻頂不上陶淵明那一句：「采菊東籬下，悠然見南山。」楊萬里有詩云：「菊生不是遇淵明，自是淵明遇菊生。歲晚霜寒心獨苦，淵明元是菊花精。」

所以陶淵明不但當上了菊花花神，而且有時候菊花甚至成為陶淵明的代名詞。《梧潯雜佩》中說，明代陸平泉見同僚謁見嚴世藩時爭先恐後，競往前趨，醜態百出。正好嚴宅地上放了許多盆菊花，於是陸平泉便借機諷刺道：「諸公且從容，莫擠壞淵明也。」一時間，那些投機小人，個個面紅耳赤。可見，「菊」和「隱」自陶淵明之後就不離不棄地連在一起，成為不慕榮華、修身高潔的象徵。不知有多少人用「菊隱」一詞做自己的別號或者書齋名，唐寅還寫過〈菊隱記〉這樣的文章。

§ 人比黃花瘦——菊花殘，滿地傷 §

黃宗羲有詩「莫恨西風多凜冽，黃花偏耐苦中看」。菊花，在很多時候充滿哀傷的色彩，「菊花殘，滿地傷。你的笑容已泛黃，花落人斷腸，我心事靜靜淌……」周杰倫的歌詞雖然算不上是古典詩詞，但其意境還是源自古詩詞中的。

很多詩人都替菊花惋惜，盛開在霜冷風寒的時節，得不到春日的陽光、蜂蝶的青睞，不少才子都將之看作是自身的寫照，晚唐時鬱鬱不得志的美男子李山甫，就寫〈菊〉道：

二十一、天下風流月季花

月季、玫瑰和薔薇是同屬薔薇科薔薇屬的姊妹花。她們的外形極為相似，而且我們今天看到的這「三姐妹」，是經過長期雜交育種形成的，她們「你中有我，我中有你」，親緣關係實在是太緊密了。

在這「薔薇三姐妹」中，我最喜歡的是月季，南宋詞人趙師俠有一首詞〈朝中措〉寫得非常好：

開隨律琯度芳辰，鮮豔見天真。不比浮花浪蕊，天教月月常新。

薔薇顏色，玫瑰態度，寶相精神。休數歲時月季，仙家欄檻長春。

是啊，月季花的美豔其實不輸於薔薇和玫瑰，而且她又不懼歲時的變化，猶如傳說中仙家所種之清代的苦命才女賀雙卿，所嫁的老公蠢如馬牛，是個粗莽村漢，經常打罵她，還有個惡婆婆百般折磨她，她只要一看書寫字，就罵她「不務正業」，偷懶不幹活，可憐她「錦思花情，敢被爨煙熏盡」！二十三歲就終於鬱鬱而死。她一生酷愛菊花，曾寫過〈二郎神．菊花〉這樣一首詞：

絲絲脆柳，裊破淡煙依舊。向落日秋山影裡，還喜花枝未瘦。苦雨重陽挨過了，虧耐到小春時候。知今夜，蘸微霜，蝶去自垂首。

生受，新寒侵骨，病來還又。可是我雙卿薄倖，撇你黃昏後。月冷欄杆人不寐，鎮幾夜，未鬆金扣。枉辜卻開向貧家，愁處欲洗無酒。

李清照尚可以「東籬把酒黃昏後」，可憐的雙卿連借酒澆愁的資格也沒有，她家裡那樣窮，根本沒有錢買酒，她的惡婆婆蠢老公也根本不會允許她喝酒。「生受，新寒侵骨，病來還又」，說的是風刀霜劍中的菊，更像是苦命的雙卿。

雙卿還有一首寫菊的詩，讀來更是讓人悽楚，不覺為之垂淚：

冷廚煙濕障低房，爨盡梧桐謝鳳凰。野菜自挑寒裡洗，菊花雖豔奈何霜！

「菊花雖豔奈何霜」正是古往今來千千萬萬苦命女子的寫照。金庸先生的小說《連城訣》中，有個女子叫凌霜華，酷愛菊花，但是她父親凌退思是個心腸狠毒的歹人，竟利用她與大俠丁典的愛情來誘捕丁典，用劇毒將丁典毒倒囚禁，藉以逼問大寶藏的下落。凌霜華為了保住丁典性命，發誓永不與他相見，後來更自毀容貌以明志。但即使如此，凌退思也不肯放過她，凌霜華最後活活被自己的親生父親悶死在棺材裡，臨死前她在棺蓋上用指甲刻下：「丁郎，丁郎，來生來世，再為夫妻。」凌霜華和丁典的苦戀，有人稱為「菊花之戀」，讀來悽愴無限。

§ 滿城盡帶黃金甲——菊花的沖天殺氣 §

才女的筆下，菊花是那樣的委屈，春風不來，蜂蝶難至，只有一天風霜，淒涼無限。但在一些蓋世梟雄的筆下，卻是豪氣凌人，大有拍案而起，向司花東君討個說法的勁頭。其中最著名的當然就是「沖天大將軍」黃巢的那兩首菊花詩：

題菊花

颯颯西風滿院栽，蕊寒香冷蝶難來。他年我若為青帝，報與桃花一處開。

不第後賦菊

待到秋來九月八，我花開後百花殺。沖天香陣透長安，滿城盡帶黃金甲。

第一首詩相傳是黃巢少年時所作，詩中就充滿了桀驁不馴的氣息，憑什麼菊花就不能享受大好春光呢？我就要做「青帝」，把顛倒的命運再顛倒過來！桃花享受的待遇，我們菊花也嘗嘗。很有「地主小姐的牙床上，勞動人民也可以上去滾一滾」的意思。

第二首據說是黃巢落第後所寫，心中的怨氣就更重了，「我花開後百花殺」，韻腳著一「殺」字，古詩詞中相當罕見。「沖天香陣透長安，滿城盡帶黃金甲」，雖然含蓄，但不難從中讀出類似「他年若得報冤仇，血染潯陽江口」[16]的戾氣。然而，黃巢並非胡吹大氣，西元八八〇年，他果真帶了身披黃金甲的幾十萬大軍攻陷長安，用血與火為此詩做了最富有震撼力的注腳。

「殺盡江南百萬兵，腰間寶劍血猶腥」的明代開國皇帝朱元璋，也有一首〈菊花〉詩：「百花發時我不發，我若發時都嚇殺。要與東風戰一場，遍身穿就黃金甲。」重八哥這首詩其實基本上是抄襲黃大王的，不過兩人對於「戰地黃花分外香」[17]的欣賞品味是相通的，朱元璋這首詩雖不如黃巢詩含蓄，但菊花的戰鬥精神在此詩中更加鋒芒畢露。

有網友評說張藝謀的電影《滿城盡帶黃金甲》中，鋪陳的菊花與濺血的屍體深度挖掘著菊暗藏的肅殺、陰謀與冷血意味。菊花果有此意味嗎？我覺得即便有，也是從黃、朱兩位那裡沾到血腥味的。

附帶說一下，唐太宗有一首〈賦得殘菊〉詩，是這樣寫的：

階蘭凝暑霜，岸菊照晨光。露濃希曉笑，風勁淺殘香。
細葉抽輕翠，圓花簇嫩黃。還持今歲色，復結後年芳。

詩中對殘菊雖有惋惜之情，但還是洋溢著樂觀向上、充滿希望的氣息。看不見黃巢、朱元璋兩人詩中的那種戾氣，就詩論詩，此詩不見得多出眾，但其中的氣韻卻是恢恢然、廣廣然的大唐正音。

§ 黃花白髮相牽挽——留住最後的美好 §

菊花是秋天的最後一抹亮色，正如欲墜的夕陽、將盡的人生，對於樂觀的人來說，雖然留不住，但及時行樂，把握住現在，也算是不枉此生了。自古以來，人們就有重陽之時賞菊飲酒的習慣。雖然袁宏道曾說「酒賞」是賞花時低俗的行為，但我覺得，像賞牡丹、賞菊花，沒有酒還是有些美中不足的。

明代丹青妙手陳憲章曾有詩：「有錢不買重陽醉，籬下黃花也笑人」，宋代劉克莊詞中也說過：「若對黃花辜負酒，怕黃花，也笑人岑寂」。是啊，面對秋日裡的菊花，常會莫名間有無盡愁思湧上心頭，而「對酒當歌，人生幾何，譬如朝露，去日苦多，慨當以慷，憂思難忘，何以解憂？唯有杜康」[18]，所以賞菊不可無酒。

李清照有詞〈鷓鴣天〉，正是道出了賞菊時這種百味雜陳的心情：

寒日蕭蕭上鎖窗，梧桐應恨夜來霜。酒闌更喜團茶苦，夢斷偏宜瑞腦香。
秋已盡，日猶長，仲宣懷遠更淒涼。不如隨分尊前醉，莫負東籬菊蕊黃。

相傳最早飲菊花酒，是為了「祓除不祥」。所謂菊花酒是用菊花莖葉花摻雜了黍米釀就，漢代時就已流行。陶淵明好菊好酒，曾有詩說：「秋菊有佳色，裛露掇其英……一觴雖獨進，杯盡壺自傾……酒能祛百慮，菊解制頹齡……」

後人學陶淵明的太多了，學他拋去功名富貴要難得多，學喝酒賞菊花相對容易。故而飲酒賞菊，遂成傳統。只可惜像杜甫之類的詩人實在太窮，酒錢都掏不出來，其〈復愁十二首〉中有一詩說：「每恨陶彭澤，無錢對菊花。如今九日至，自覺酒須賒。」

當然，陶淵明當年也曾喝不起酒，《續晉陽秋》說，有一年重陽時，陶淵明對著滿院菊花，卻無酒可飲。正在此時，江州刺史王弘送酒而來，陶淵明大喜酣醉。所以嘛，這學陶淵明，最好是賒酒來喝，或者向別人要酒來才風雅。比如晚唐詩人皮日休就於菊開之日，給朋友崔諫議寄去一詩，討些酒來：

軍事院霜菊盛開，因書一絕寄上諫議

金華千點曉霜凝，獨對壺觴又不能。已過重陽三十日，至今猶自待王弘。

皮日休也不見得就真沒錢沽酒，只不過這樣做更顯風雅而已。

後來，因重陽正是蟹肥之時，所以飲酒、賞菊、食蟹就成為重陽節的必備節目了。《紅樓夢》中結社詠菊花詩時也是薛寶釵和她哥哥薛蟠要了「幾簍極肥極大的螃蟹來，再往鋪子裡取上幾壇好酒來」……《紅樓夢》中飲酒賞菊的場景，其實正是明清時文人們的生活剪影，就連菊花詩的題目也和前人雷同，比如陳憲章就有〈對菊〉詩云：「因花催酒酒催詩，詩酒平生兩不虧。若到秋無詩與酒，菊花元是不曾知。」

酒酣耳熱之餘，無論男女，人們都喜歡將菊花簪於頭上，唐《輦下歲時記》說：「九日宮廷間爭插菊花，民俗尤甚。」杜牧〈九日齊山登高〉有詩道：

江涵秋影雁初飛，與客攜壺上翠微。塵世難逢開口笑，菊花須插滿頭歸。
但將酩酊酬佳節，不用登臨恨落暉。古往今來只如此，牛山何必獨沾衣。

「塵世難逢開口笑，菊花須插滿頭歸」，說得真是太好了，「人生不如意事常八九」，面對盛開的金色菊花，盡興一醉，方不辜負這濃冽的秋色。

黃庭堅有〈鷓鴣天〉詞，寫得非常之精彩：

黃菊枝頭破曉寒，人生莫放酒杯乾。
風前橫篴斜吹雨，醉裡簪花倒著冠。
身健在，且加餐，舞裙歌扇盡情歡。
黃花白髮相牽挽，付與旁人冷眼看！

好一個「黃花白髮相牽挽，付與旁人冷眼看」！詩人的癲狂之態，菊花的孤傲之氣，呼之欲出！

當然，菊花也有一些負面的形象，因為遍地生長，所以似乎也帶著土裡土氣的意象。諸如《秋菊打官司》的電影中，「秋菊」這樣的名字，似乎成了村姑的代表。

然而，這一切都不會影響人們對菊花的喜愛，讓我們用孟浩然那句著名的詩作結：

待到重陽日，還來就菊花。

註

16 出自宋江〈西江月〉。

17 出自毛澤東〈采桑子〉。

18 出自曹操〈短歌行〉。

十月 花令

月季獨放

二十一、天下風流 月季花

月季、玫瑰和薔薇是同屬薔薇科薔薇屬的姊妹花。她們的外形極為相似，而且我們今天看到的這「三姐妹」，是經過長期雜交育種形成的，她們「你中有我，我中有你」，親緣關係實在是太緊密了。

在這「薔薇三姐妹」中，我最喜歡的是月季，南宋詞人趙師俠有一首詞〈朝中措〉寫得非常好：

開隨律琯度芳辰，鮮豔見天真。不比浮花浪蕊，天教月月常新。

薔薇顏色，玫瑰態度，寶相精神。休數歲時月季，仙家欄檻長春。

是啊，月季花的美豔其實不輸於薔薇和玫瑰，而且她又不懼歲時的變化，猶如傳說中仙家所種之花一樣長開不衰。所以月季花又有「長春花」之名。

朱淑真有〈長春花〉一詩道：「一枝才謝一枝殷，自是春工不與閒。縱使牡丹稱絕豔，到頭榮瘁片時間。」這裡朱才女說，月季一枝才謝又發一枝，雖然牡丹有壓倒群芳之稱，但畢竟只是一時榮耀後就憔悴凋零了，哪裡比得上月季能長盛不衰？

我每每看到月季的這種精神，大受激勵。雖然自己寫的書未必能最暢銷，但努力不懈地堅持寫下去，能不斷地有新作品和大家分享，也算是一種收穫吧。

南宋詩人王義山也有一首〈長春花詩〉：

東風不與世情同，多付春光向此中。葉裡盡藏雲外綠，枝頭剩帶日邊紅。

百花能占春多少，何似春顏長自好。清和時候卷紅綃，端的長春春不老。

確實，現在人們普遍種植月季花，像我家門前不遠處花壇中的月季花，就從春天一直開到秋天，花期實在是太長了。古詩人常感慨「人間四月芳菲盡」，而月季卻是「曾陪桃李開時雨，仍伴梧桐落葉風」（宋代徐積〈長春花〉），亦像楊萬里所說的那樣：

只道花無十日紅，此花無日不春風。一尖已剝胭脂筆，四破猶包翡翠茸。
別有香超桃李外，更同梅鬥雪霜中。折來喜作新年看，忘卻今晨是季冬。

俗話常說：「人無千日好，花無百日紅」，但月季花卻反擊此觀點，誰說好花不常開，誰說好景不常在？月季花這種風姿正如清代詩人孫星衍筆下所說：

已共寒梅留晚節，也隨桃李鬥濃葩。才人相見都相賞，天下風流是此花。

因此，我們現在常用月季花來代表持久不變的友誼，而玫瑰花是用來代表愛情的。說到這裡，也不禁感嘆一下：難道愛情真不如友誼能長久？

月季花被稱為「花中皇后」，易震吉〈竹枝．詠月月紅花〉說道：「老去春光實可憐，為何十二月皆妍。知她不是貧家女，時買胭脂剩有錢。」但是，月季雖有皇后般嬌豔高貴的氣質，卻不像金枝玉葉那樣嬌生慣養。

在魯西北平原聽花匠說，種梅花難過冬，種牡丹難開花，唯有月季，好種得很，像我這樣並不擅於種花的人移來一株，也能生長得非常茁壯，開出一大片錦霞般的鮮豔花朵來。正是：「籬邊路畔映朝霞，粉豔紅香月月花。不向洛陽爭富貴，天南海北樂為家。」（聞山〈詠月季〉）

月季是中國的十大名花之一和原產地，據說遠古時黃帝曾將她作為圖騰，所以也有人推薦月季作為國花的候選者之一。

月季花其實嬌美異常，顏色也豐富多樣，紅的、粉的、黃的、紫的，正所謂「嬌顏映日含香遠，媚影臨窗帶露濕」，教人如何不愛她？

花落花開無間斷，春來春去不相關。
牡丹最貴唯春晚，芍藥雖繁只夏初。
唯有此花開不厭，一年長占四時春。

這是蘇東坡對月季的讚美，月季花開不厭，我們也看不厭，不要因為月季最常見最常開，我們就對她不珍惜。

十一月 花令

山茶灼

二十二、山茶

相對阿誰栽

金庸先生的《天龍八部》一書，曾對茶花作過詳盡的描寫。段正淳和阿蘿（王夫人）定情之時，想必就送過她一朵茶花（曼陀羅花），所以在王夫人臨死前，段正淳又哽咽著說：「我對你的心意，永如當年送你一朵曼陀花之日。」

書中寫王夫人為引段正淳前來，用他原來常念的舊詩作暗語。其中有一聯是「青裙玉面如相識，九月茶花滿路開」。還有一聯是「春溝水動茶花白，夏谷雲生荔枝紅」。

其實，這裡面大有問題。「青裙玉面」云云，來自南宋詩人陳與義的一首詩〈初識茶花〉：

伊軋籃輿不受催，湖南秋色更佳哉。青裙玉面初相識，九月茶花滿路開。

只不過金庸先生書中將「初相識」的「初」字改為「如」字。可能是照顧小說情節吧?因為段正淳和阿蘿都是老情人了,而且恨得見面就你罵我「老狗」,我罵你「臭婆娘」,早不是「人生若只如初見」[19]的時候了。

但是在這裡,時代上有錯位,成了前人念後人的詩。網路上曾看過一幅圖,說是韓國一部歷史劇中,隋煬帝背後的屏風,上面居然是毛澤東所書的〈沁園春.雪〉,當時把我笑得肚子疼。段正淳念陳與義的詩,雖然沒有那樣好笑,但只是「五十步」和「百步」的區別,性質卻是一樣的。

我們以耶律洪基為座標,耶律洪基生卒年為一〇三二至一一〇一年,蕭峰幫耶律洪基平叛是在一〇六三年,而按書中情節段正淳和王夫人纏綿時,應遠早於這個時間。那麼這句詩問世的時間肯定早於一〇六三年,而陳與義生卒年是一〇九〇至一一三八年,也就是說耶律洪基死的時候,陳與義才十一歲。而書中寫段正淳死了之後,耶律洪基還活得好好的呢。

當然,小說是可以虛構的,我這樣一本正經地考證,未免有些膠柱鼓瑟了。

「春溝水動茶花白,夏谷雲生荔枝紅」這一聯則出自宋人晁沖之(他的生年早一些,倒是能搆得上)的〈送惠純上人遊閩〉:

早聽閩人說土風,此身嘗欲到閩中。春溝水動茶花白,夏谷雲生荔子紅。
襟帶九江山不斷,梯航百粵海相通。北窗夜展圖經看,手自題書寄遠公。

山茶花的特徵是這樣的：常綠灌木或小喬木。碗形花瓣，單瓣或重瓣。花色有紅、粉紅、深紅、玫瑰紅、紫、淡紫、白、黃色、斑紋等，花期為冬春兩季，較耐冬。

茶花開於冬春少花之時，用南宋王之望詞中的話說就是：「獨佔歲寒天氣，正群芳休息。」蘇軾有詩說：「蕭蕭南山松，黃葉隕勁風。誰憐兒女花，散火冰雪中……」可惜的是，像黃河流域及其以北的地區是看不到茶花的。說來蘇軾的詩略有誇張，茶花主要生長於長江以南，真要是移到北大荒，她還是受不了的。

不過，茶花相比於江南的百花來說，還是比較耐寒的。她能耐得住短期零下十度的低溫，而且她的花期也相當長。李漁在《閒情偶寄》中說：

花之最不耐開，一開輒盡者，桂與玉蘭是也；花之最能持久，愈開愈盛者，山茶、石榴是也。然石榴之久，猶不及山茶；榴葉經霜即脫，山茶戴雪而榮。則是此花也者，具松柏之骨，挾桃李之姿，曆春夏秋冬如一日，殆草木而神仙者乎？

這裡大誇山茶花期之長，又誇山茶如松柏一樣能耐寒。孔子曾說：「歲寒，然後知松柏之後凋也。」

舊時認為這是高風亮節的寫照。像「松、竹、梅」都被抬得很高，像道德模範似的。而山茶其實也是能經霜耐寒者，所以李漁說她是「具松柏之骨，挾桃李之姿」，驚嘆她是花卉中的「神仙」。

明代文人歸有光有詩道：

山茶孕奇質，綠葉凝深濃。往往開紅花，偏壓白雪中。
雖具富貴姿，而非妖冶容。歲寒無後凋，亦自當春風。
吾將定花品，以此擬三公。梅君特素潔，乃與夷叔同。

歸有光的文章很好，有韓、歐遺風，但詩作並不出名，歸有光也經常一副正統面孔。然而「山茶」還是得到歸有光的讚美，稱其豔而不妖，品格高潔，想把她定為百花中的「三公」（古時官職中的極品），主要就是因為山茶凌寒而開的特性。

「梅君特素潔，乃與夷叔同」則是說，梅花和山茶都是歲寒之花，正像古時的賢人伯夷、叔齊一樣可以相伴。元代馬致遠〈雙調‧掛玉鉤‧題西湖〉中也說：「自立冬，將殘臘，雪片似紅梅，血點般山茶。」

酷愛梅花的宋代詩人范成大，同樣也喜愛山茶，他有〈梅花山茶〉一詩：

月淡玉逾瘦，雪深紅欲燃。同時不同調，聊用慰衰年。

梅堯臣甚至認為山茶耐寒的品格比梅花更高出一籌：「臘月冒寒開，楚梅猶不奈。」明人沈周則從〈紅山茶〉中想到了忠肝義膽的節操：

老葉經寒壯歲華，猩紅點點雪中葩。願希葵藿傾忠膽，豈是爭妍富貴家。

到了清代，段琦〈山茶花〉一詩，寫得就更富有戰鬥精神了：

獨放早春枝，與梅戰風雪。豈徒丹砂紅，千古英雄血。

不過，古典詩詞往往講究含蓄蘊藉，所以，我覺得清代劉灝這首詩寫得倒更為出色一些：

凌寒強比松筠秀，吐豔空驚歲月非。冰雪紛紜真性在，根株老大眾園稀。

當然，以上這些詩和蘇軾的詩比起來，頓落下乘，蘇軾這首詩寫雨雪中的山茶花，娓娓道來，生動有情：

山茶相對阿誰栽，細雨無人我獨來。說是與君君不會，爛紅如火雪中開。

§ 唯有山茶偏耐久 §

從前面所引的李漁文字中就可以知道，山茶花的花期是很長的。種花專家周瘦鵑曾說：「花中最耐久者，確以山茶為最，一花開了半月，還是鮮豔如故。」陸游曾有詩說：「雪裡開花到春晚，世間耐久孰如君。」

山茶從秋開到春，正如曾鞏詩中所說：「山茶花開春未歸，春歸正值花盛時」，而且一直堅持到桃李飄零，山茶還是一朵又一朵地綻放。有陸游詩〈山茶〉為證：

東園三月雨兼風，桃李飄零掃地空。唯有山茶偏耐久，綠叢又放數枝紅。

文徵明的曾孫文震亨有一詩〈山茶花〉，詩意和陸游的詩相似：

似有濃妝出絳紗，行充一道映朝霞。飄香送豔春多少，猶見真紅耐久花。

明代馮時《滇中茶花記》云：「茶有數絕：一、壽經三四百年，尚如新植；二、枝幹高竦四五丈，大可合抱；三、膚紋蒼潤，黯若古雲氣樽罍；四、枝條黝糾，狀如麈尾龍形；五、蟠根輪囷離奇，可憑而几，可藉而枕；六、豐葉森沉如幄；七、性耐霜雪，四時常青；八、次第開放，曆二三月；九、水養瓶中，十餘日顏色不變。」

這其中，「百年勝新植」「耐霜四時青」「花久歷數月」「插花不易色」等都是講山茶耐久的品性。山茶樹的壽命極長，納蘭容若的好友顧貞觀的詞中誇一株山茶樹是：「花覆七樓紅十里，遍數東南，此樹曾無比。」並說這株山茶是昭明太子（名蕭統，五〇一～五三一年）手植，到清代康熙年間，已有千年之壽了。

所以人們誇山茶是：「宜壽如山木，經霜似女貞。」宋代詞人韓元吉有〈鵲橋仙〉一詞：

菊花黃後。山茶紅透。南國小春時候。蓬山高處綠雲間，有一個仙官誕秀。
精神龜媚，骨毛鶴瘦。落落人中星斗。殷勤自折早梅芳，調一鼎和羹為壽。

詞中有借山茶增壽之意，而明代畫家沈周的詩中卻沒他這樣自信：

犀甲凌寒碧葉重，玉杯擎處露華濃。何當借壽長春酒，只恐茶仙未肯容。

此詩說，山茶這麼經久長壽，但又怎麼樣才能向茶仙借一杯長生酒呢？只恐怕茶仙不肯輕易理我們這些塵俗中的人吧！其中透出幾分感嘆，幾分無奈。

§　鉛華占得楊家女　§

山茶的品種很多，想瞭解的不妨複習一下《天龍八部》，再看一遍段譽給王夫人上的那堂課，什麼「十八學士」「抓破美人臉」等等，都有所本，並非只是小說家言。周瘦鵑先生在他的《花影》一書中也曾提過。

《天龍八部》書中提到的茶花品種，恐怕也都是近代的稱謂。我們來看一下古詩中曾提到的茶花品種。其中有一種叫「鶴頭丹」，又名鶴頂紅、鶴頂丹、鶴頂茶。為什麼這樣叫呢？王象晉的《群芳譜》中有解釋：「大如蓮，紅如血，中心塞滿如鶴頂。」

蘇軾〈開元寺舊無花，今歲盛開〉一詩中曾提過：

長明燈下石欄杆，長共松杉守歲寒。葉厚有棱犀甲健，花深少態鶴頭丹。
久陪方丈曼陀雨，羞對先生苜蓿盤。枝裡盛開知有意，明年開後更誰看？

還有一種叫「寶珠茶」，明代張新的〈山茶〉詩說：「胭脂染就絳裙襴，琥珀妝成赤玉盤。似共東風解相識，一枝先已透春寒」，就是說這種山茶。他還寫過另外一種著名的品種「楊妃山茶」：

曾將傾國比名花，別有輕紅暈臉霞。自是太真多異色，品題兼得重山茶。

這「楊妃山茶」，色作淡紅，恰似楊妃醉後紅暈生臉之態。而且山茶花形碩大，也有楊妃雍容富貴之姿。明代高濂有〈惜分飛．楊妃茶花〉一詞：

沉醉東風花不語，斗帳香消金縷。酒色能多許？剩將殘醉枝頭吐。
鉛華占得楊家女，挽不住春歸去。總為胭脂誤，馬嵬山下香凝土。

清代董舜民曾填〈好時光〉一詞，寫的正是楊妃山茶花：

一捻指痕輕染，千片汗，色微銷。乍醒沉香亭上夢，芳魂帶葉飄。
照耀臨池處，恍上馬，映多嬌。疑向三郎語，時作舞纖腰。

當然，有些詩人也將茶花比作其他的美女，不少人看到斗大的茶花被風吹落時，就聯想到晉代石崇的家妓綠珠，晚唐貫休和尚寫過這樣一首詩：

風裁日染開仙囿，百花色死猩血謬。今朝一朵墮階前，應有看人怨孫秀。

這裡沒明寫「綠珠」，但暗用了孫秀逼石崇交出綠珠，石崇不從，因此被禍滅門，綠珠也跳樓自盡的典故。而辛棄疾這首〈攤破浣溪沙．與客賞山茶一朵忽墜地戲作〉寫得更詳細些：

酒面低迷翠被重，黃昏院落月朦朧。墮髻啼妝孫壽醉，泥秦宮。
試問花留春幾日？略無人管雨和風。瞥向綠珠樓下見，墜殘紅。

辛棄疾有掉書袋的毛病，短短一首詞中，就用了兩個典故，先是將山茶比作東漢時驕奢的貴婦孫壽（外戚梁冀之妻），她發明了「墮馬髻」「啼淚妝」，並且寵愛一個叫秦宮的奴僕，所謂「泥秦宮」，就是說沾在秦宮身上纏綿的樣子。說起來不像是好的比喻啊，而下闋又將茶花比喻成跳樓殉主的綠珠，這是怎麼回事？

其實，古詩詞中的用典和比喻不一定是完全合榫合卯，好多時候用的只是其中的一點，正像李白寫〈清平調〉時，隨手用上「雲雨巫山」「飛燕倚新妝」等典故，只是借巫山神女和趙飛燕為楊貴妃的美貌作墊腳石而已，和「雲雨巫山」故事背後所隱含的一夜情故事，「飛燕」私生活的淫亂不堪都是沒有關係的。有人認為李白詩中有暗中諷刺之意，不足為信。《唐詩鑑賞詞典》中也說：「李白詩中果有此意，首先就瞞不過博學能文的玄宗。」

回到辛棄疾這首詞，詞中的孫壽其實是用來形容山茶富貴嫵媚，當然還有一點點性感的成分，並非有貶意。而綠珠則是用來形容凋落到地下的大朵茶花。

§ 宮粉妝成雪裡花 §

山茶顏色極多，但最常見為紅白二色。雲南著名詩僧擔當和尚有詩說：「樹頭萬朵齊吞火，殘雪燒紅半個天。」才女花蕊夫人〈詠山茶〉一詩也寫蜀中的茶花：

山茶樹樹采山坳，恍如赤霞彩雲飄。人道邡江花如錦，勝過天池百花搖。

這都是寫紅色的茶花，李漁的《閒情偶寄》曾說道：

（茶花）又況種類極多，由淺紅以至深紅，無一不備。其淺也，如粉如脂，如美人之腮，如酒客之面；其深也，如朱如火，如猩猩之血，如鶴頂之珠。可謂極淺深濃淡之致，而無一毫遺憾者矣。得此花一二本，可抵群花數十本……

紅顏色的山茶前面已說了不少，詩人們對於白色的山茶花也是十分珍愛。有一種稱為玉茗，黃心綠萼，瓣白如玉，為白山茶中的上品。陸游曾有詩說：「釵頭玉茗妙天下，瓊花一樹真虛名。」並附注：「坐上見白山茶，格韻高絕。」明代戲曲家湯顯祖晚年隱居家鄉寫戲，堂前有一朵白茶花相伴，因此命名為：「玉茗堂」。

黃庭堅〈白山茶賦〉誇道：「麗紫妖紅，爭春而取寵，然後知白山茶之韻勝也。」明人瞿佑有詩專詠「白山茶」：

消盡林端萬點霞，叢叢綠葉襯瑤華。寶珠買斷春前景，宮粉妝成雪裡花。

餘下競傳丹灶術，此身甘旁玉川家。江頭梅樹無顏色，何況溪邊瑞草芽。

而清人吳照的〈白山茶歌〉也是對白山茶極盡溢美之詞：

山茶白者色勝玉，產自麻源第三谷。涪翁作賦始紀之，群芳著譜缺標目。
我家舊圃有此花，不與紅紫爭麗華。苧蘿美人含笑靨，玉真妃子披冰紗。
野人只解花前醉，未經考訂分種類。琅琊王公淹雅才，命題偶為諸生試。
吾儕萬事忽眼前，此花根種無能傳。區區物產尚難辨，鄉邦大者寧詳焉。
春風連朝動簾幕，又見瓊瑤堆灼灼。花今與我為鄉人，但願年年對花酌。

簡單解釋一下此詩中的幾個典故，「麻源第三谷」，是江西臨川的一處地名，「涪翁」，則是指黃庭堅，是說他首先做〈白山茶賦〉推崇白山茶來著。「琅琊王公」則是代指名門貴族。依我的意見，他的這首長詩不如縮成以下二首絕句，倒覺得更有味，不知大家覺得如何：

我家舊圃有此花，不與紅紫爭麗華。苧蘿美人含笑靨，玉真妃子披冰紗。
春風連朝動簾幕，又見瓊瑤堆灼灼。花今與我為鄉人，但願年年對花酌。

§ 拙政園內山茶花 §

茶花當然以雲南為最，相傳雲南的沐氏西園中，有一個樓前四面種著山茶，達幾十株之多，高二丈，花朵盛開時燦若雲錦，竟達數萬朵。有人稱：「十丈錦屏開綠野，兩行紅粉擁朱樓。」

正所謂「塵世山茶非一種，品題高出數滇中」，雲南的茶花非別處可比，三五百年的大茶花樹隨處可見，大理甚至有一棵樹齡已上千年的茶樹，粗的幾個人也抱不過來，花開時繁不可數，人稱為「萬朵茶」。除了雲南，宋代成都的海雲寺也是山茶觀賞勝地，范成大有〈十一月十日海雲賞山茶〉一詩：

門巷歡呼十里村，臘前風物已知春。兩年池上經行處，萬里天邊未去人。
客鬢花身俱歲晚，妝光酒色且時新。海雲橋下溪如鏡，休把冠巾照路塵。

陸游的〈山茶〉詩中也說過「三十年前宴海雲」，念念不忘當年海雲寺的茶花。

《天龍八部》中寫王夫人一直思念段正淳，在蘇州家園中種滿了茶花，並把自己所居的山莊命名為「曼陀山莊」。這雖屬於小說中的虛構，但現實中也有其影子。蘇州的拙政園內，有一座「十八曼陀羅花館」，相傳明末清初之際，古園中最負盛名的就是那幾株寶珠山茶。

曾為美人陳圓圓寫過長詩的吳梅村，也為山茶寫過一首長詩。他讚嘆拙政園中的山茶是「巨麗鮮妍，紛披照矚」，並有〈詠拙政園山茶花〉一詩道：

拙政園內山茶花，一株兩株枝交加。豔如天孫織雲錦，赬如姹女燒丹砂。
吐如珊瑚綴火齊，映如蠕蝀凌朝霞。百年前是空王宅，寶珠色相生光華。
歌台舞榭從何起，當日豪家擅閭里。苦奪精藍為玩花，旋拋先業隨流水。
兒郎縱博賭名園，一擲輸人等糠秕。後人修築改池台，石樑路轉蒼苔履。
曲檻奇花拂畫樓，樓上朱顏嬌莫比。鬥盡風流富管弦，更誰瞥眼閒桃李。
齊女門邊戰鼓聲，入門便作將軍壘。荊棘從填馬矢高，斧斤勿剪鶯簧喜。
近年此地歸相公，相公勞苦承明宮。真宰陽和暗回斡，長安日日披熏風。
花留金谷遲難落，花到朱門分外紅。一去沈遼歸未得，百花深鎖月明中。
看園剩有灌花老，為道此花吳地少。宋代經今六百年，虯幹成圍更成抱。
嘉賓開宴醉春風，火齊堆光上穹昊。於今忽作無主花，滿地飄殘竟誰歸！
聞語還思出塞人，玉門關外無芳草。夢魂遙想故園花，未見名花顏色好。
對花不語淚沾衣，惆悵花間燕子飛。折取一枝還供佛，征人消息幾時歸？

此長詩雖不如〈圓圓曲〉知名，但也寫出了紅塵滄桑、流年暗換的感慨。這裡通過山茶花寫出了拙政園的歷史：拙政園為明御史王獻臣退官後所建，因其子好賭，竟於一夜間將此園輸給徐氏。這就是詩中所說的「兒郎縱博賭名園，一擲輸人等糠秕」。徐氏後來也逐漸敗落，拙政園也屢屢易手，而到了明亡後不久，園子被沒入清廷官府，先後為駐防將軍府、兵備道行館。這就是詩中「齊女門邊戰鼓聲，入門便作將軍壘」所說的意思。

從此中可以看出吳梅村的拳拳愛國之心，像「於今忽作無主花，滿地飄殘竟誰歸」都是思念前明之意，所以我覺得這首長歌和〈圓圓曲〉，一詠名花，一詠美人，堪稱雙璧。

袁中郎的《瓶史》中曾贊山茶道：「山茶鮮妍，石氏之翾風，羊家之靜婉也，黃白山茶韻勝其姿，郭冠軍之春風也。」

可惜啊，我家地處北方，無緣植一株山茶於庭前，只好先在詩句中品賞其風姿了。

註

19 出自清．納蘭性德〈木蘭詞．擬古決絕詞柬友〉。

十二月 花令

梅花綻

水仙負冰

二十三、夜涼彈醒水仙花

寫此文時，已是臘月十四。清嘉慶時進士李仙福有詩：「凌波仙子態娟娟，瓷斗親攜相對看。偶向花前弄花影，滿窗風雪不知寒。」

在黃土漫漫、冰封大地的北方，群芳百卉之中，春節時能給人帶來喜氣和香氣的也只有水仙花了。踏雪尋梅？可知道梅花不是何地都有，雪也不是何時都有，這「琉璃世界白雪紅梅」，多數時候只能存在於詩裡畫裡，好多人是無緣親得的。

而水仙卻不同，只要一盂清水，她便能留在你的几案上，以她淡雅的香氣伴著你走過冬季中這花事最寂寞的時候。

曹雪芹的祖父曹寅曾有詩道：「夕窗明瑩不容塵，白石寒泉供此身。一派青陽消未得，夜香深護讀書人。」

§得水能仙天與奇§

前面說過，宋人曾以杜詩中無詠海棠之作而遺憾，那說到水仙，更是委屈，翻遍《全唐詩》，竟無一首詠水仙花之作。有人說：不對，李商隱不是有「水仙已乘鯉魚去，一夜芙蕖紅淚多」之句嗎？殊不知，這裡的「水仙」，不是指水仙花，而是暗用《列仙傳》中琴高的典故。相傳琴高是戰國時趙人，會道術，曾「乘赤鯉來，留月餘復入水去」。所以，唐詩中沒有真正出現過水仙花。

原因是，唐代時人們還沒有廣泛種植欣賞水仙這種花，既然見都沒見過，何來題詠？直到五代時的陳摶，才寫下第一首詠水仙花的詩。

雖然明代文震亨曾在《長物志》中說：「水仙，六朝人呼為雅蒜。」但明代的好多書中所載往往是道聽塗說，不能當作考據的依據。水仙走入古典詩詞就是宋代的事兒。

宋代著名詩人中，最早酷愛水仙的是黃庭堅。楊萬里後來戲稱黃庭堅為水仙的「本家」，正是因為黃庭堅首先寫了不少詠水仙的好詩。其中〈劉邦直送早梅水仙花四首〉中的這一首尤為出色：

得水能仙天與奇，寒香寂寞動冰肌。仙風道骨今誰有，淡掃蛾眉簪一枝。

值得注意的是網路上有好多地方，都把「得水能仙天與奇」這一句歸到「宋人劉邦直」名下，應該是弄錯了。周瘦鵑先生的《花影》一書中，也錯認為是劉邦直所寫，大概網路上的錯誤就源於此處。劉邦直這個人，宋詩集中並無他的詩，而上述的詩赫然見於《黃庭堅詩全集卷二》，當為黃庭堅所寫無疑。

黃庭堅看來是一生癡愛水仙，他還有一首著名的水仙詩〈王充道送水仙花五十枝，欣然會心，為之作詠〉：

凌波仙子生塵襪，水上輕盈步微月。是誰招此斷腸魂，種作寒花寄愁絕。
含香體素欲傾城，山礬是弟梅是兄。坐對真成被花惱，出門一笑大江橫。

從此，水仙又多了一個雅號「凌波仙子」。詩中所謂「山礬是弟梅是兄」，是說冬日能開花的也就是山礬（生長於浙江和江西的一種樹）和梅花了。而且，水仙和其他冬日中的花不同，她可以直接來到我們窗前几上。對此，清康熙皇帝有詩〈見案頭水仙花偶作〉道：「群花只在軒窗外，哪得移來几案間。」

§ 天仙不行地，且借水為名 §

劉克莊有詩：「不許淤泥侵皓素，全憑風露發幽妍。」不用泥土，只要清水供養就能開花，這是水仙花最突出的特色。因此，水仙花在群芳百卉之中顯得格外清高孤潔。楊萬里有兩首詩說：

韻絕香仍絕，花清月未清。天仙不行地，且借水為名。

開處誰為伴？蕭然不可親。雪宮孤弄影，水殿四無人。

這裡就將水仙花真正擢升到了「仙卉」的地位，水仙這樣高雅的仙子，是不會沾上塵世的泥沼的，所以她即便落到凡間，也只借清水為駐足之地。第二首寫水仙清絕之態：她開於冬日，長於水中，這「雪宮」「水殿」上的風采，著實令人傾慕。

元代楊載有詩：「花似金杯薦玉盤，炯然光照一庭寒。世間復有雲梯子，獻與嫦娥月裡看。」的確，水仙的高潔似配得天宮仙境才得稱意。

詠水仙的詩雖不少，但幾乎都脫不開「水」和「仙」這二字，讀水仙詩，我們要先看這樣幾個典故：

一、洛浦凌波女（洛神）

《淮南子》中記載，洛神是伏羲氏之女，嫁與河伯為妻，但河伯搞婚外情，與水族女神私通，洛神也是你做初一，我做十五，找了老婆嫦娥跑了的后羿當情人。於是河伯與后羿打起架來，一直搞到天庭，天帝震怒，將洛神貶落凡間。

相傳後來洛神化身為甄宓，還是老脾氣，又和曹丕、曹植演出一場哀婉的愛情故事。曹植寫過一篇名垂文學史的〈洛神賦〉，這篇賦在文壇的影響實在太大，像什麼「翩若驚鴻，婉若游龍，榮曜秋菊，華茂春松。髣髴兮若輕雲之蔽月，飄颻兮若流風之迴雪」之類的，在舊時是讀書人再熟不過的句子。

因為洛神是著名的水中仙子，所以詠水仙時，經常以洛神為喻，南宋人樓鑰詠水仙詩：

品格雅稱仙子態，精神疑著道家黃。宓妃漫說凌波步，漢殿徒翻半額妝。

這裡的宓妃，就是指化身甄宓的洛神，而凌波之類的句子，也是引於〈洛神賦〉中的「凌波微步，羅襪生塵」（所謂「道家黃」，是指水仙花蕊為黃色，像是女道士打扮，下首「瑤壇夜靜黃冠濕」，意同）。

明代的詩人、劇作家梁辰魚有一首〈詠水仙花〉：

幽修開處月微芒，秋水凝神暗淡妝。繞砌霧濃空見影，隔簾風細但聞香。
瑤壇夜靜黃冠濕，小洞秋深玉佩涼。一段凌波堪畫處，至今詞賦憶陳王。

詩中也是引用了陳王（曹植）愛慕宓妃的典故，看來把水仙比作洛神化身的甄宓是詩家常用的手法。

「揚州八怪」之一的李鱓，在「冷豔幽香圖」上題詩道：「金相玉琢獨迎春，千古題詩比麗人。說到空鉤白描處，乃真湘浦洛川神。」清末才女秋瑾也這樣寫：

洛浦凌波女，臨風倦眼開。瓣疑呈平盞，根是謫瑤台。
嫩白應欺雪，清香不讓梅。餘生為花癖，對此日徘徊。

所以，這洛河上的女神，正是水仙花的化身之一。

二、江妃楚楚大江湄（江妃）

江妃的故事是一個很古老的傳說。劉向《列仙傳》中曾載有「江妃二女」的故事，說是春秋時鄭國有個人叫鄭交甫，在漢水之畔，遇到兩個女子。她們就是名為「江妃」的神女。仙女們給了鄭交甫一隻玉佩，但鄭交甫揣在懷裡，剛走開幾十步，玉佩就不見了，兩個仙女也杳無蹤影。有短詩曰：

靈妃豔逸，時見江湄。麗服微步，流盼生姿。
交甫遇之，憑情言私。鳴佩虛擲，絕影焉追？

上面的故事有點沒頭沒腦的，其實這一類的故事，背景就是上古時期青年男女到河邊沐浴嬉戲，看到中意的人就歡好的情景。寫芍藥的那篇中，所引《詩經》中的「溱與洧，方渙渙兮。士與女，方秉蕑兮」也是這樣的意思。

後世讀孔孟之書，達周公之禮的人看了，大概覺得有點匪夷所思，要按朱熹他們的那種讀詩方法，更不會這樣解釋。其實，這種風俗在某些少數民族中保存了相當長的時間，比如《三國演義》中就說孟獲所居的南蠻部落中：「有女長成，卻於溪中沐浴，男女自相混淆，任其自配，父母不禁，名為『學藝』。」

所以像什麼「漢皋遺佩」「江妃楚楚大江湄」之類的典故，都是說這檔子事。如果真正刨根問底，不免都有淑女變熟女之虞。但這就像揪住李白〈清平調〉中的「可憐飛燕倚新妝」添油加醋一樣（相傳高力士向楊貴妃進讒言，說李白以作風不正經的趙飛燕喻她，是有意詆毀），詩人用典時本意應該都是「純潔」的，水仙花也不必著惱。

楊萬里的〈水仙花〉一詩就是這樣寫的：

生來弱體不禁風，匹似頻花較小豐。腦子釀熏眾香國，江妃寒損水晶宮。
銀台金盞何談俗，礬弟梅兄未品公。寄語金華老仙伯，凌波仙子更凌空。

其中的「江妃寒損水晶宮」之句，就是引以上的典故。南宋詞人趙以夫的這首〈金盞子．水仙〉中也是以「漢皋遺佩」的典故來形容水仙：

得水能仙，似漢皋遺佩，碧波涵月。藍玉暖生煙，稱縞袂黃冠，素姿芳潔。亭亭獨立風前，照冰壺澄澈。當時事，琴心妙處誰傳，頓成愁絕。（下闋略）

明代文徵明則同時用了洛神和江妃這兩個典故，這首〈水仙〉詩如下：

翠衿縞袂玉娉婷，一笑相看老眼明。香瀉金杯朝露重，塵生羅襪晚波輕。

漢皋初解盈盈佩，洛浦微通脈脈情。則恨陳思才力盡，臨風欲賦不能成。

我們看，又把什麼漢皋解佩、洛浦傳情的故事講了一通，「陳思」也是指曹植。所以嘛，古代人作詩，尤其是寫一些二三流的詩，就是要在肚子裡存一些現成的典故，這些典故就像標準化的零件一樣，用到時立刻就能拼湊為成品。當然，這樣的生產方法，是工業品而非藝術品，不是一流的好詩。

三、憐取湘江一片愁（湘妃）

湘妃其實也有兩位，相傳她們是堯帝的兩個女兒，又都嫁給舜帝當妃子。後來舜死後，她們悲慟萬分，淚珠灑上竹竿，成為「斑竹」。最後她們投入湘江而死，其魂魄化為「湘夫人」。也是水上的女神。

既然也是水上的神仙，文人當然也要拿來形容水仙花，元代妙聲和尚「題墨竹水仙」圖時，既有「竹」，又有「水仙」，當然不會放過這個典故：

美人獨立瀟湘浦，裊裊秋風生北渚。手把琅玕江水深，香橘泣露愁痕古。

我有所思在空谷，翠袖娟娟倚寒綠。雲斷蒼梧殊未來，月明長照魚鱗屋。

這張圖將水仙和竹畫在一起，正好印應了湘妃淚竹這樣的典故，當然妙聲筆下的詩句就全由此而發了。

其他如宋代錢選的「帝子不沉湘，亭亭絕世妝」、明代屠隆的「娟娟湘洛淨如羅，幻出芳魂儼素娥」、文徵明的「九嶷不見蒼梧遠，憐取湘江一片愁」等都是借用此典故。

§ 想瑤台、無語淒涼 §

古代文人喜歡水仙花者極多，宋人楊仲囦買水仙花數百本，種在古銅洗中，並仿〈洛神賦〉寫有〈水仙花賦〉，高似孫更是寫有〈水仙花前賦〉〈後賦〉。如〈後賦〉這樣寫道：

仿佛睹一美人於水之側……其狀也，皓如鷗輕，朗如鵠停；瑩浸玉潔，秀含蘭馨。清明兮如閬風之翦雪，皎淨兮如瑤池之宿月。其始來也，炯然層冰出皎壑；其徐進也，粲然清霜宿瓊枝。沉詳弗矜，燕婉中度，不穠不纖，非怨非訴；美色含光，輕姿約素；瑰容雅態，芳澤不汙；素質窈嫋，流暉婂娟；抱德貞亮，吐心芳躅；婉嫿幽靜，志泰神閒……

雖然完全是模仿〈洛神賦〉，但也表達了對水仙花的癡愛，我們看，作者恨不得一下子把世間的好詞都用上才好。

清代的李漁也是非常喜歡水仙花，他稱水仙花是他的「命」。有一年李漁實在經濟窘迫，「索一錢不得矣」，但還是堅持購水仙過年。家人說，一年不看此花，又有什麼啊？李漁大怒道：「你想要我的命嗎？我寧可折一年的壽，也不能少看一年的水仙花！」於是家人只好變賣首飾給他換了水仙花來。

南宋詞人張炎很為水仙抱不平，他有詞說：「縹緲波明洛浦，依稀玉立湘皋。獨將蘭蕙入〈離騷〉。不識山中瑤草。」這未免太過苛求屈原了，那時候屈原還從沒見過水仙呢。後來在《花史》一書中，有人覺得水仙花和蘭花的形狀有些相近，似有「夫妻相」，於是撮合他們當伴侶，倒也有點意思。

水仙雖然有高潔之稱，但也掩不住背後的憂怨落寞之情，元末丁鶴年雖是色目人，但這兩首水仙詩卻寫得相當好：

湘雲冉冉月依依，翠袖霓裳作隊歸。怪底香風吹不斷，水晶宮裡宴江妃。

影娥池上晚涼多，羅襪生塵水不波。一夜碧雲凝作夢，醒來無奈月明何。

想來水仙也是有些可憐，被植入一小小水盆之中，無草木蟲鳥相伴，也是非常孤單落寞。所以，同樣寂寞的閨中女兒家對水仙也是很有感情的，正所謂「白玉斷笄金暈頂，幻成癡絕女兒花」。（宋．來氏〈水仙花〉）

清代才女金纖纖，被袁枚稱為「閨中三大知己」，她於二十五歲早逝。她有一首寫水仙花的詩不可不讀：

枯楊館池響枉鴉，招得姮娥做一家。綠綺攜來橫膝上，夜涼彈醒水仙花。

在西方，水仙花有「戀影花」之稱，水仙正像一個寂寞清高的美人，「瘦影正臨清水照，卿須憐我我憐卿」。（明．馮小青〈怨〉）

有時又覺得，水仙又像歌曲〈白狐〉中所唱的那種癡情女子，她雖然沒有「千年修行，千年孤獨」，但她也是經歷了三年才能開這樣一次花。在冬季清寒寥落的時候，她陪在我們的案頭，開放出清香，而當春光明媚、百花爭豔時，她卻早已為我們所捨棄……

二十四、一生知己是梅花

牡丹在大唐時風光一時無兩，而梅花卻並不引時人注目。所以說「梅妃」這樣的人物純粹是後世人編造出來的，如果唐代真有「梅妃」這樣的人兒，以盛唐人的審美態度，她恐怕也不會太得寵。

唐代詩人中當然也有詠梅花的，但正如宋人詠牡丹未見出色一樣，唐人詠梅，如隔靴搔癢一般，道不出梅花的真正風神。

李白筆下的「江城五月落梅花」「笛奏梅花曲，刀開明月環」之類，都不是實寫梅花。這裡的「梅花」其實指的是〈梅花落〉這首笛子曲。雖然也算是引入了梅花的意象，但畢竟不是專為梅花而寫。

諸如王維的「來日綺窗前，寒梅著花未」、柳宗元的「早梅發高樹，回映楚天碧」、杜甫的「梅蕊臘前破，梅花年後多」、李商隱的「寒梅最堪恨，常作去年花」等唐人詩句中，梅花扮演的多是點綴情景烘托氣氛的角色，並非主角。

在盛唐人的筆下，不大刻意去強調梅花凌寒傲雪的「高貴」品格，也不像宋明清人那樣推崇老梅、瘦梅。老杜甚至寫出「綠垂風折筍，紅綻雨肥梅」這樣的句子，雖然此處的「梅」，指的是梅子。但後世人的詞句中，再也少見「肥梅」之說，而「騎驢過小橋，獨嘆梅花瘦」[20]之類的句子卻屢見不鮮。

當然《全唐詩》包羅萬象，找出一些寫梅花比較好的詩句，並不為難，尤其是晚唐的一些詩人，意味就很接近宋了：

梅花．崔道融

數萼初含雪，孤標畫本難。香中別有韻，清極不知寒。

橫笛和愁聽，斜枝倚病看。朔風如解意，容易莫摧殘。

崔道融此詩中，就開始有了「孤」「寒」「愁」「病」的意境，梅花獨有的神態開始出現了。對比盛唐詩人張謂的〈早梅〉：「一樹寒梅白玉條，迥臨村路傍溪橋。不知近水花先發，疑是經冬雪未消」，就可以分別出，張謂詩中更多的是洋溢著觀賞早梅的欣喜，而崔道融的梅花詩卻是一副與寒梅同命相憐的悽楚情懷。

再看一首：

陽羨雜詠十九首．梅花塢．陸希聲

凍蕊凝香色豔新，小山深塢伴幽人。知君有意凌寒色，羞共千花一樣春。

陸希聲這首詩，開始強調梅花凌寒傲霜的姿態。同為晚唐詩人的李群玉也曾有詩〈山驛梅花〉說：「生在幽崖獨無主，溪蘿澗鳥為儔侶。行人陌上不留情，愁香空謝深山雨」，二詩主旨相近。但是李群玉的詩雖有孤芳自賞之感，卻沒有寫出梅花的獨特之處，如果標題上沒有梅花字樣，他詠的是梅花還是蘭花甚至其他的什麼花，都難說。所以我覺得李群玉的名聲雖然相對大一些，但就詩論詩，這一首還不如陸希聲寫得好。

晚唐寫得不錯的梅花詩還有：

梅花．韓偓

梅花不肯傍春光，自向深冬著豔陽。龍笛遠吹胡地月，燕釵初試漢宮妝。風雖強暴翻添思，雪欲侵凌更助香。應笑暫時桃李樹，盜天和氣作年芳。

這首詩雖然也不錯，但覺得其中有些措詞，不合梅花的高潔身分，如「強暴」「胡地」「盜天」之類的詞略顯粗魯，不符合梅花的淑女風範。

晚唐時齊己和尚寫的〈早梅〉一詩不錯：

萬木凍欲折，孤根暖獨回。前村深雪裡，昨夜一枝開。
風遞幽香出，禽窺素豔來。明年如應律，先發望春台。

據《唐才子傳》記載，齊己曾以這首詩求教於鄭谷，詩的第二聯原為「前村深雪裡，昨夜數枝開」，鄭谷讀後說：「『數枝』非『早』也，未若『一枝』佳。」齊己深為佩服，便將「數枝」改為「一枝」，並稱鄭谷為「一字師」。

雪掩孤村，苔枝綴玉，一剪寒梅，傲立雪中，梅花的冰雪之姿已經活靈活現了，梅花的形象從此定格，一直影響到後世。但真正由單純的贊其色香儀態而進一步深入到梅花傲雪獨放的精神，還要等到宋代。

§ 才有梅花便不同——為梅癡狂的宋代 §

宋代，是一個對梅花喜愛得近乎癡狂的時代。「梅妻鶴子」的林和靖，恨不得「一樹梅前一放翁」的陸游，都是宋代愛梅的代表人物。這些大家早已熟知，這裡再簡單地說幾個和梅花結下不解之緣的宋代人物。

先說劉克莊，他曾有詩道「卻被梅花誤十年」，又在〈賀新郎〉一詞中說：「老子平生無他過，為梅花受取風流罪」，這是怎麼一回事？

原來，劉克莊曾寫過〈落梅〉一詩：

一片能教一斷腸，可堪平砌更堆牆。飄如遷客來過嶺，墜似騷人去赴湘。亂點莓苔多莫數，偶粘衣袖久猶香。東風謬掌花權柄，卻忌孤高不主張。

劉克莊正是因此詩而得禍（誰說宋朝沒有文字獄來著？），主要是最後一句「東風謬掌花權柄，卻忌孤高不主張」，被言事官李知孝等人誣為「訕謗當國」。由此看來，閨中才女寫些什麼「妒花風雨便相催」「世事薄，東風惡」之類的詞兒是無妨的，而政壇人物下筆時卻要掂量掂量。

就因為這首梅花詩，劉克莊建陽令的烏紗帽應聲落地（宋代到底是仁慈一點，只是烏紗落地，並非人頭落地），此後相當長的時間，劉克莊都沒有重新擔任過要職，「坐廢鄉野」長達十年之久，這就是有名的「落梅詩案」。

然而，劉克莊和因詠「玄都觀桃花」被貶的劉禹錫一樣，都是越挫越勇，劉克莊不但沒有就此疏遠梅花，反而更加「愛我所愛，無怨無悔」，他愛梅如癡，先後寫了一百三十餘首詠梅詩詞。

還有一個叫宋伯仁的人，他經年累月對著梅花畫畫，共得兩百多幅，最後選定一百幅最得意的，每幅都題上詩，稱為《梅花喜神譜》。譜中，他將梅花比作「孤竹二子，商山四皓，竹溪六逸，飲中八仙，洛陽九老，瀛州十八學士」等高人逸士。他說畫這些梅花圖的目的在於：「於梅花未花時閒一披閱，則孤山橫斜，揚州寂寞可仿佛於胸襟，庶無一日不見梅花，亦終身不忘梅花。」愛梅到這等程度，可謂癡絕矣。

再有一人，就是范成大。南宋的范成大，不但是賞梅、詠梅的詩人，而且還身體力行，大力種梅、育梅。他本來在石湖玉雪坡（蘇州城西南十八里）已經種了梅花數百本，但還嫌不足，又在南邊買了王家舊宅七十多間，悉數拆除後，種上梅花。

紹熙二年冬（一一九一年），作曲家姜夔應邀冒雪來訪。范成大請他住下，賞梅論文，逗留一月之久。姜夔自撰新曲，填寫了〈暗香〉〈疏影〉兩首詠梅詞。范成大激動之下，將一名叫小紅的歌妓贈給了姜夔。把姜窮酸樂得在回去的路上高唱：「自作新詞韻最嬌，小紅低唱我吹簫」。其實推其原由，他還是從范成大愛梅上沾得光，如果范成大不是愛梅成癡，又怎麼會那麼喜歡他那兩首詠梅詞？不厚道地說一下：姜夔那兩首詠梅詞，我覺得也不怎麼好，無非堆砌點典故，頗有點囉哩囉嗦。也可能作曲的確出色，但沒聽過，不好說。

范成大搜集的梅花品種達十二種之多，有「江梅」「早梅」「官城梅」「消梅」「古梅」「重葉梅」「綠萼梅」「杏梅」「鴛鴦梅」等，並寫成世界上第一部梅花專著《梅譜》（當然這個《梅譜》

是從藝術的眼光看的，不是從植物學的角度來分析的）。

《梅譜》的序中開門見山地說：「梅，天下尤物，無問智賢愚不肖，莫敢有異議。學圃之士必先種梅，且不厭多。他花有無多少，皆不繫輕重。」

可見，在范成大為代表的宋人眼裡，梅花的地位是超越百花之上的。

為什麼由唐入宋，人們就開始從喜歡牡丹變為喜歡梅花呢？

大概是這樣兩個原因，第一是和國力有關，宋代雖經濟繁榮，但在軍事上卻處處挨打，後來更是偏安一隅。不但沒有了欣賞盛豔牡丹的心情，而且也不可能再觀賞到洛陽牡丹的嬌姿（那裡都讓金國給佔了），像劉克莊在一首寫牡丹的詞裡就無比傷感地說：「君莫說中州，怕花愁。」而梅花卻是普遍生在南國的花卉，梅花的清寒之姿，正契合了當時人的心態。

再一個原因就是，宋代理學盛行，講究個人節操。宋人王琪所說：「不受塵埃半點侵，竹籬茅舍自甘心。」所以《紅樓夢》中，曹雪芹把那柄「畫著一枝老梅，寫著『霜曉寒姿』」四字的簽兒，安排給守節模範李紈。梅花，確實很像烈女、節婦的代表，所以梅花自然倍受宋人推崇。

宋詩宋詞中寫梅花的，數不勝數，一入北宋，林逋（和靖）這首詩就轟動一時，傳誦後世：

眾芳搖落獨暄妍，占盡風情向小園；疏影橫斜水清淺，暗香浮動月黃昏。

霜禽欲下先偷眼，粉蝶如知合斷魂。幸有微吟可相狎，不須檀板共金樽。

「疏影橫斜」「暗香浮動」後來成為梅花的專用詞，姜夔賺得美女歸的兩個詞牌「疏影」「暗香」，就由此而來。這首梅花詩，堪稱經典，評說者甚眾。

§ 梅雪爭春未肯降——梅和雪的話題 §

林逋這首詩雖然是詠梅的代表作，但他這首詩中卻沒有出現雪的形象，明月下賞梅，朦朧中增添不少詩意，而如果有梅有月，卻少了點殘雪，也未免遺憾。宋人張鎡曾在《梅品》一書中，列舉二十六種與梅花相宜的幽境雅物：

淡雲、曉日、薄寒、細雨、輕煙、佳月、夕陽、微雪、晚霞、珍禽、孤鶴、清溪、小橋、竹邊、松下、明窗、疏籬、蒼崖、綠苔、銅瓶、紙帳、林間吹笛、膝上橫琴、石枰下棋、掃雪烹茶、美人淡妝簪戴。

其實，細細看來，這些「幽境雅物」，有些是「萬金油」型的，相容度極高，不但梅花適宜，換成其他的花也沒有什麼不可。但我覺得，「雪」和「梅」卻是相偎相伴，彼此誰也缺不了誰的。

宋代張孝祥有這樣一首〈卜算子〉，說的端地好：

雪月最相宜，梅雪都清絕。去歲江南見雪時，月底梅花發。
今歲早梅開，依舊年時月。冷豔孤光照眼明，只欠些兒雪。

有梅無雪，畢竟不完美。

對於「梅」和「雪」，詩人大致持這三種態度：

一、雪虐風饕愈凜然——風雪欺梅

先來看一個小故事：宋朝的洪邁（《容齋隨筆》作者）在會稽當太守時，有一位教坊中的樂妓叫洪惠英，於佐酒侍宴之間，對洪邁說：「惠英有述懷小曲，想借此機會，獻給太守大人。」洪邁當即應允。她於是唱了曲〈減字木蘭花〉：

梅花似雪，剛被雪來相挫折。雪裡梅花，無限精神總屬他。
梅花無語，只有東君來作主。傳語東君，且與梅花作主人。

洪惠英唱罷，說道：「梅者惠英自喻，非敢妄比名花，只是以此借意而已。雪者指無賴惡少。」洪邁於是問起洪惠英的身世，聽說她屢遭無賴惡少的騷擾，故用這首詞來求助，詞中把「東君」（掌管百花的神）比作太守洪邁，把風雪比作那些無賴。洪邁是飽讀詩書的文人，看到洪惠英這樣的才女，哪有不幫忙的道理？有了太守撐腰，後來就再也無人敢上門騷擾了。

與此類似的還有宋代另一個才女吳淑姬，她聰明貌美，卻出於貧家，被豪家子弟強佔，後來又誣她與人私通。官府將她治罪，關入大牢。她寫了一首〈長相思〉呈給當時任太守的王十朋，王十朋驚嘆她的才氣，為她申冤開釋。這首詞是這樣寫的：

煙霏霏，雨霏霏，雪向梅花枝上堆，春從何處回？
醉眼開，睡眼開，疏影橫斜安在哉？從教塞管催！

這裡吳淑姬也是以梅自喻，將惡人比喻成雪，「雪向梅花枝上堆，春從何處回」。看來，在多數時候，風雪就是惡勢力的代表，「風刀霜劍嚴相逼」[21]，梅花承受著最嚴酷的侵凌。宋代洪皓有詞說：「去年湖上雪欺梅」，宋人何夢桂也說：「長苦冰霜壓盡，更說甚風標清窈，些子好，孤香冷豔，誰知道」。南宋陸游的很多詩，都是這種意境，除了我們熟知的「零落成泥碾作塵，只有香如故」之類的詞句外，他更有這樣一首詩：

雪虐風饕愈凜然，花中氣節最高堅。過時自合飄零去，恥向東君更可憐。

洪惠英那首詩中，還口口聲聲要求「東君」來為她作主，而陸游詩中卻是傲氣凜然，鐵骨錚錚，「恥向東君更可憐」，死就死，落就落，不向任何人屈服，將梅花猶如烈女、志士般的精神寫得十分入骨，這「鐵幹寒梅」的形象令人不免肅然起敬。陸游筆下此類的梅花詩還有不少，像「凌厲冰霜節愈堅，人間乃有此臞仙」「精神最遇雪月見，氣力苦戰冰霜開」等都是如此。

二、冰姿不怕雪霜侵——梅花鬥雪

風雪雖寒，但梅花還是頑強地開放了。在一些比較樂觀的詩人眼中，梅花是勝利者。上官婉兒有詩「鬥雪梅先吐，驚風柳未舒」，中唐朱慶餘〈早梅〉說：「天然根性異，萬物盡難陪。自古承春早，嚴冬鬥雪開」，宋毛滂也有詩：「辨桃認杏何人拙，壓雪欺霜正自妍」等等，都是這種態度。流傳到後世，持此觀點的人似乎越來越多，《紅樓夢》借邢岫煙之口說：「桃未芳菲杏未紅，沖寒先已笑東風」、俞樾的夫人曾寫道：「耐得人間雪與霜，百花頭上爾先香」、秋瑾更寫道：「冰姿不怕雪霜侵，羞傍玉樓傍古岑」，都是表達了「紅岩上紅梅開，千里冰霜腳下踩」的氣勢。

一貫「與天奮鬥，其樂無窮；與地奮鬥，其樂無窮；與人奮鬥，其樂無窮」的毛澤東，當然對梅花鬥雪充滿積極樂觀的精神，在他的詩詞中，不但「已是懸崖百丈冰，猶有花枝俏」，而且「梅花歡喜漫天雪」，一副主動迎戰的態度。

三、與梅並作十分春——梅雪相宜

宋代的盧梅坡有兩首比較有名的詩：

有梅無雪不精神，有雪無詩俗了人。日暮詩成天又雪，與梅並作十分春。

梅雪爭春未肯降，騷人閣筆費評章。梅須遜雪三分白，雪卻輸梅一段香。

盧梅坡這兩首詩，雖然詞句淺易，有打油之嫌，但卻說得極為透徹。「有梅無雪不精神」，確實，如果沒有白雪的襯托，梅花又如何能顯得出孤標傲世、矯矯不群的神采呢？

歐陽修〈蝶戀花〉中說：「臘雪初銷梅蕊綻。梅雪相和，喜鵲穿花轉」，就一副祥和喜樂之氣。當然，這裡寫的是冬過春來之際，「臘雪初銷」。還有很多的詩人將潔白的雪和馨香的梅相提並論，認為只有雪中之梅才能顯出其高潔不群。宋代無名氏的〈減字木蘭花〉中贊道：「雪中風韻，皓質冰姿真瑩靜。」

還有一些詩人甚至認為，梅之所以可愛，是借了雪的神韻。辛棄疾誇梅：「更無花態度，全是雪精神」，元代呂誠化用辛詞之意：「半點不煩春刻畫，一分猶仗雪精神」，畫梅大家王冕也道：「冰雪林中著此身，不同桃李混芳塵」，曾被毛澤東大大誇讚的明代高啟的詩「雪滿山中高士臥，月明林下美人來」，也是用冰雪襯托梅花之高潔，寫出梅雪相宜的情調。

花與美人，向來不可分。盛唐之時，喜歡成熟丰韻、熱情張揚的美人，所以牡丹得寵；而宋代以後，人們卻推崇冷傲、超逸的霜雪美人。

明代張岱曾寫過當時的名妓王月生，「寒淡如孤梅冷月，含冰傲霜」，眾人百般逗她笑，也難得見她動容。她不喜與俗人交談；有時對面而坐，視如無人。有一貴公子包了她，「同寢食者半月，不得其一言」。一天她「口囁嚅動」，眾人驚喜，趕快跑去告訴公子說：「月生開言矣！」於是「哄然以為祥瑞」，然而，公子跑到了王月生跟前，王月生臉一紅，又不說話了。公子急得搔頭作揖，求之再三，才從口中如蚊嗡般說出二字：「家去。」

風塵女子尚且如此，更不用說大家閨秀了。「寒淡如孤梅冷月」，是舊時女子們最有吸引力的氣度。把梅花比作美人甚至仙女的詩詞也比比皆是：「冰雪肌膚瀟灑態，須知。姑射仙人正似伊」（宋．無名氏〈南鄉子〉）；「風韻情知似玉人」（宋．張元乾〈豆葉黃〉二首）；「清標自是蓬萊客，冰玉精神」（宋．姚述堯〈醜奴兒〉）。其他如「姻姿玉骨塵埃處，看自有神仙格」（宋．趙長卿〈水龍吟．

梅詞〉）、「青帝宮中第一妃」「空谷佳人洛浦仙」「素娥竊藥不奔月，化作江梅寄幽絕」（陸游）……

我自己是贊同梅雪相宜的，我覺得，說起「梅」和「雪」，也像《紅樓夢》中賈母說的，可謂「不是冤家不聚頭」，「梅」和「雪」正如一對夫妻，雖然有時打打鬧鬧的，但誰離開了誰，也不好。

§ 玉人浴出新妝洗——才女詠梅詩 §

寫梅花的詩實在太多，難以一一列舉，但才女的詠花詩卻不可不提。唐代三大才女李冶、薛濤、魚玄機都沒有寫過詠梅的好詩，看來梅在唐代，就是不怎麼被器重，而自宋以來，才女們沒詠過梅的反而少見。

李清照和朱淑真這兩大才女的詞句不可不讀：

漁家傲．李清照

雪裡已知春信至，寒梅點綴瓊枝膩，香臉半開嬌旖旎，
當庭際，玉人浴出新妝洗。
造化可能偏有意，故教明月玲瓏地。共賞金尊沉綠蟻，
莫辭醉，此花不與群花比。

李清照寫過不少有關梅的詞，我覺得以這一首最好（這裡是純從寫梅的角度來看，有些詞雖好，但梅在詞中並非主角，只是烘托），這首詞相傳是她和趙明誠閒居青州時所作，那正是她一生中最愉快的時光，所以這首詞的風味也是輕快明亮。

才女朱淑真寫梅的詞，我推薦這一首：

柳梢青．梅

玉骨冰肌，為誰偏好，特地相宜，一味風流，廣平休賦，和靖無詩。
倚窗睡起春遲，困無力、菱花笑窺。嚼蕊吹香，眉心點處，鬢畔簪時。

兩位大才女的詞中，寫的都是白梅，唐代一度推崇紅牡丹，冷落白牡丹，而梅花剛好相反，人們曾一度推崇白梅，冷落紅梅。

§白梅懶賦賦紅梅——後來居上的紅梅§

王安石的「牆角數枝梅，凌寒獨自開。遙知不是雪，為有暗香來」寫的是白梅，李之儀的「為愛梅花如粉面」、鄭域的「道是花來春未，道是雪來香異」寫的也是白梅。宋代詞人吳潛在〈疏影〉

中竟這樣對紅梅百般嘲笑：「何事胭脂點染，認桃與辨杏，枝葉青綠。莫是冰姿，改換紅妝，要近金門朱屋？」

蘇軾的這首詞裡雖然為紅梅辯解了幾分，但也是這樣羞答答的：

怕愁貪睡獨開遲，自恐冰容不入時。故作小紅桃杏色，尚餘孤瘦雪霜姿。
寒心未肯隨春態，酒暈無端上玉肌。詩老不知梅格在，更看綠葉與青枝。

這首詩中說，紅梅是在現實的壓力下不得不圓滑一點、隨眾一點，所以勉強喝了點酒，也和「桃杏」們作一般的紅色，這只是適世生存的一種外相罷了，骨子裡的性格是不會變的，「孤瘦雪霜姿」才是其本性。

說白一點，蘇東坡想說的就是：我們雖然有時不得不說一些違心的話，做一些違心的事，但心中還是有原則的，善良正直的品格還是存在的。

蘇軾筆下的梅，還是白梅居多，像「洗盡鉛華見雪肌，要將真色鬥生枝」之類的句子就是，另外他非常有名的一首詠梅詞〈西江月〉，也是這樣寫的：

玉骨那愁瘴霧，冰肌自有仙風。海仙時遣探芳叢，倒掛綠毛么鳳。
素面常嫌粉涴，洗妝不褪唇紅。高情已逐曉雲空，不與梨花同夢。

相傳此詞是為悼其愛姬王朝雲所作，「冰肌」「素面」之語是用惠州的白梅來比喻在他心中高潔如玉的朝雲。

我覺得，之所以當時推崇白梅，不待見紅梅，是因強調梅的高潔而發，白梅猶如白玉，更顯得清高不俗，正所謂「雪似梅花，梅似花雪，似和不似都奇絕」（宋．呂本中〈踏莎行〉），而紅梅不免有等同於俗豔之嫌。

不過，從視覺效果上來看，還是「琉璃世界白雪紅梅」更為好看。到了明清之際，人們就普遍更喜歡紅梅了，我們看《紅樓夢》裡就描寫：「櫳翠庵中有十數枝紅梅如胭脂一般，映著雪色，分外顯得精神，好不有趣……」大觀園的眾女兒們一提筆也說「白梅懶賦賦紅梅」（李紋詩）。

宋代之後，民族的苦難越來越深重，人們越發喜愛紅梅，南宋詞人汪莘有詞誇紅梅：「狀貌婦人孺子，性情烈士奇才，自開自落有誰來。」後來又有文天祥於梅嶺絕食以求殉國。南宋愛國詩人謝枋得曾寫下：「天地寂寥山雨歇，幾生修得到梅花？」的詩句，宋亡後，他流落山野，卜卦、織鞋為生。後來元朝統治者逼他出仕，押他去大都赴任，他絕食五天，終於為國盡節。

到了明代，更有史可法之衣冠葬於梅花嶺等故事，正是：「數點梅花亡國淚，二分明月故臣心。」從鬥雪傲霜的視角來看，如血染般的紅梅花，更能代表逆境中抗爭的不屈精神。正所謂：「碧血自封心更赤，梅花人拜土俱香。」（清．蔣士銓〈梅花嶺弔史閣部〉）

鄧麗君有一首非常好聽的歌就叫〈梅花〉：

梅花梅花滿天下，愈冷她愈開花。梅花堅忍象徵我們，巍巍的大中華。
看那遍地開了梅花，有土地就有她；冰雪風雨她都不怕，她是我的國花……

南宋陳景沂的《全芳備祖》、明王象晉的《群芳譜》、清康熙欽定的《廣群芳譜》，均推梅花為群花之首；民國政府定梅花為國花。在一九八七年上海舉辦的全國性傳統名花的評選中，梅花亦名列榜首，獨佔鰲頭。

網上曾爭論不休，梅花和牡丹誰來做「國花」才最好。我的意見是，贊同牡丹來做國花。因為牡丹雍容華貴、熱情張揚，她喜歡熱鬧，能代表盛世的氣象，而梅花卻孤香冷豔、清瘦高潔，像山林中的隱士、空谷中的佳人，有道是「任他桃李爭歡賞，不為繁華易素心」。（元·馮子振〈西湖梅〉）

宋代詩人王淇曾說過：

不受塵埃半點侵，竹籬茅舍自甘心。只因誤識林和靖，惹得詩人說到今。

連眾多詩人的七嘴八舌，梅花仙子都嫌煩，何必爭什麼國花呢？

最後再引一首宋代詞人晁補之的〈鹽角兒．亳社觀梅〉，獻給我們的梅花仙子：

開時似雪。謝時似雪。花中奇絕。香非在蕊，香非在萼，骨中香徹。

占溪風，留溪月。堪羞損、山桃如血。直饒更、疏疏淡淡，終有一般情別。

註

20 出自《三國演義》第三十七回諸葛亮語。

21 出自《紅樓夢》第二十七回，林黛玉〈葬花吟〉。

重評十二花神

故老相傳，有十二花神之說。但說法不一，主要有以下幾種：

其一

一月蘭花屈原，二月梅花林逋，三月桃花皮日休，四月牡丹歐陽修，五月芍藥蘇東坡，六月石榴江淹，七月荷花周敦頤，八月紫薇楊萬里，九月桂花洪適，十月芙蓉范成大，十一月菊花陶潛，十二月水仙高似孫。

這一種排名，是以文章做標準的，大致就是誰寫過有關該花的著名文章，誰就可以成為該花的花神，如屈原〈離騷〉中常寫蘭，林逋寫過著名的梅花詩，就分別評為蘭花、梅花的花神。這種評法，好像評職稱交論文一般，評出來一群大老爺們當花神，不喜歡。

其二

一月梅花江采蘋，二月杏花楊玉環，三月桃花戈小娥（元順帝妃，豔如夭桃），四月牡丹麗娟，五月石榴公孫氏，六月蓮花西施，七月玉簪花李夫人，八月桂花綠珠，九月菊花梁紅玉，十月芙蓉貂蟬，十一月山茶王昭君，十二月水仙甄宓。

這一種評法倒都是清一色的女兒家做花神，但有些卻瞧不出什麼道理，比如一舞劍器動四方的公孫大娘和石榴有什麼關係？芙蓉和貂蟬有什麼關係？綠珠和桂花有什麼典故？感覺有「亂點鴛鴦譜」的味道，不是很貼切。

其三

正月梅花柳夢梅，二月杏花楊玉環，三月桃花楊延昭，四月薔薇張麗華，五月石榴鍾馗，六月荷花西施，七月鳳仙石崇，八月桂花綠珠，九月菊花陶淵明，十月芙蓉謝素秋（北宋名妓），十一月山茶白樂天，十二月梅花老令婆（即佘太君）。

其四

正月梅花壽陽公主，二月杏花楊貴妃，三月桃花息夫人，四月牡丹李白，五月石榴鍾馗，六月蓮花西施，七月蜀葵李夫人，八月桂花徐惠，九月菊花陶淵明，十月木芙蓉石曼卿，十一月山茶白居易，臘月水仙娥皇與女英。

第三、四種評法，都是男女混雜，按第一種「文章取士」的方法評了不少男花神，比如「菊花」陶淵明，「牡丹」李白；又按第二種規則評了一些女花神。而且第三種評法竟然把牡丹排斥在外，很不恰當。

既然對以上的評法都不滿意，所以我就重評一下十二花神，個人意見，覺得這花神似乎只有女兒家才可以做，男人就做護花使者吧。當然這只是我個人的觀點，權當閒時趣話。

一月蘭花神馬湘蘭（秦淮八豔之一，擅畫蘭花）

二月梅花神江采萍（梅妃的形象深入人心，做梅花神是很貼切的）

三月桃花神息夫人（息夫人又稱桃花夫人，老資格的，還是讓她做吧）

四月牡丹花神薛濤（薛濤是唐代美人，又有著名的詠牡丹詩）

五月芍藥花神上官婉兒（芍藥自來有「花相」一說，女中宰相非婉兒莫屬）
六月石榴花神黃峨（明代才女黃峨寫有著名的石榴詩，書中敘述過）
七月荷花花神晁采（晁采和荷花的緣分，我的另一本書《長安月下紅袖香》中有詳述）
八月桂花花神徐惠（唐太宗的賢妃，幼年就寫下有關桂花的文賦）
九月菊花花神賀雙卿（清代的苦命才女，最憐其「菊花雖豔奈何霜」一句）
十月芙蓉花神晴雯（《紅樓夢》中寶玉評的，不再改了）
十一月茶花花神楊貴妃（山茶中著名的品種有「楊妃山茶」一說）
十二月水仙甄宓（說水仙離不開〈洛神賦〉，甄后當水仙花神再恰當不過）

紅塵輾轉，我待花開

宜春苑中春已歸，披香樓裡作春衣。新年鳥聲千種囀，二月楊花滿路飛。河陽一縣並是花，金谷從來滿園樹。一叢香草足礙人，數尺遊絲即橫路。

……

樹下流杯客，沙頭渡水人。鏤薄窄衫袖，穿珠帖領巾。百丈山頭日欲斜，三晡未醉莫還家。池中水影懸勝鏡，屋裡衣香不如花。

這是一千五百年前庾信筆下的春光，千百年來，不知有多少次春風來去，花開花落。花瓣雨落地無聲，化為春泥。難道真是花開花謝總是空？

夢裡落花知多少？我俯首拾起古人留下的舊紙，依然尋得到那殘留著的幽遠馨香。

這是來自唐代的花影：映著沉香亭前，一枝紅豔醉過李白；萬里橋邊，冉冉紅蕖留過杜甫；崔護惆悵人面桃花何處去？杜牧欣喜牧童遙指杏花村……

這是來自宋代的花痕：留著晏殊徘徊過的梨花院落，蘇軾留戀過的香霧空廊，李易安憔悴時的滿地黃花，朱淑真鬱悶時的斷腸芳草……

歲月如輪，來往何急！多少次風住塵香花已盡，多少次落花風雨更傷春！

年年欲惜春，春去不容惜……

誠然，春去春回來，花落花會再開。然而，年年歲歲花相似，歲歲年年人不同。

不知不覺間，流年暗換，夢遠心驚。

寫完本書中的最後一個字，迎來了一場春雪，卻依然沒有見到早春的花開。然而，經歷了寒風冷雪，經歷了枯寂陰暗，終會有華枝春滿，天心月圓。

一任往事蹉跎，但願花再開的那一刻，我不會再錯過。

昨日看花花灼灼，今朝看花花欲落。不如盡此花下歡，莫待春風總吹卻。

紅塵輾轉，我待花開，花可待我來？

四時花令

那些奼紫嫣紅的古典詩詞

作　　者　石繼航
裝幀設計　黃畇嘉
業　　務　王綬晨、邱紹溢
編輯企劃　劉文雅
主　　編　王辰元
特約總編輯　趙啟麟
發 行 人　蘇拾平
出　　版　啟動文化
台北市105松山區復興北路333號11樓之4
電話：(02) 2718-2001　傳真：(02) 2718-1258
Email：onbooks@andbooks.com.tw
發　　行　大雁文化事業股份有限公司
住址：台北市105松山區復興北路333號11樓之4
24小時傳真服務：(02) 2718-1258
Email：andbooks@andbooks.com.tw
劃撥帳號：19983379
戶名：大雁文化事業股份有限公司

二版一刷　2023年4月
定　　價　450元
I S B N　978-986-493-134-7

歡迎光臨大雁出版基地官網
www.andbooks.com.tw

中文繁體版通過成都天鳶文化傳播有限公司代理，由著作權人授予啟動文化．大雁文化事業股份有限公司獨家出版發行，非經書面同意，不得以任何形式複製轉載。

圖書許可發行核准字號：文化部部版臺陸字第112024號
出版說明：本書係由簡體版圖書《四時花令：古詩詞中的花意詩情》以正體字重製發行。作者：石繼航，出版發行單位：廣東人民出版社。

國家圖書館出版品預行編目(CIP)資料

四時花令：那些奼紫嫣紅的古典詩詞 / 石繼航著. -- 二版. -- 臺北市：啟動文化出版：大雁文化事業股份有限公司發行，2023.04
面；　公分
ISBN 978-986-493-134-7(平裝)
831　　　　112001225

八